α
I wanna go home
episode
01
I come from the other side
of the universe.

CONTENTS

×月○日 第一篇日記

天外飛來一個爸

祁避夏最近有點小憂傷，因為他被綁架了。

作為身價上億的「前」著名影視童星，現在紅遍全球的流行音樂小天王，祁避夏從未想過有一天他會被綁架。畢竟他為了躲避數以萬計的瘋狂粉絲，和比粉絲更加瘋狂、更具殺傷力的ANTI粉（注：反粉絲），每次出行時，人前人後少說都會安排數十名退役特種兵保鏢保駕護航，想綁架他實在是一件很考驗綁匪專業技能的事情，一般人或小組織是應付不來的。

不過，對於「有人想綁架他」這點，祁避夏倒是毫不意外。自五歲出道以來，他那天怒人怨的毒舌嘴炮和張揚肆意的性格，就一直在孜孜不倦的為他拉著仇恨值，樹立了比比皆是的敵人。

哪怕是長大後轉型失敗，專心開始改出唱片，祁避夏也依舊是個問題人物。抽菸酗酒、飆車招妓，甚至是涉黑吸毒，任何一個在聚光燈下長大的童星有可能存在的壞毛病他都有，可以說是五毒俱全。每每報紙媒體上提到祁避夏，都不忘以「昔日家喻戶曉的影視童星今已墮落」為開頭。

這也是祁避夏在被綁架了三天、滴水未進的此時此刻，依舊沒能想明白到底是誰綁架自己的原因所在。

——仇人太多也是一件很苦惱的事情啊！

最混蛋的是，那群綁匪就這樣放著他不管了！是真的不管了啊，沒人搭理、沒人送飯，更沒有人站出來宣布為此事負責。被蒙著眼睛、綁著手腳、橫躺在倉庫一角的祁避夏無聊的想著，這幫歹徒莫不是想活生生餓死他？

——愚蠢的人類啊，忘記少爺我是幹什麼的了嗎？偶像明星！餓個區區兩、三天算得了什麼？想當初為了保持身材，少爺我可是連經紀人阿羅人為製造的十八層地獄都闖過了！

——等等，難道他們是想無聊死我？還真是心思歹毒啊！

這個時候，祁避夏發現他一直在努力耳聽八方的聽力好像出現了一些小問題，因為在他不知道的時候，一個不知道是誰的人已經悄然接近了他……不對，是兩個人！他們一起在努力拖拽著他向前走。

祁避夏覺得就在今天，他的感知力也出現了問題。因為他明明感覺到拖著他的兩個人手很小，像是兩個孩子，但他們的力氣卻大得驚人，拖著好歹有一百八十公分的他跟玩似的。雖然祁避夏還不能確定自己被拖了有多遠，不過他可以肯定的是，他們已經離開了一開始關著他的倉庫。

祁避夏屏息凝神，想假裝自己已經暈了過去，好讓對方放鬆警惕，提供一些有用資訊。等又走了一會兒，那兩人才終於開口說起了話，真的是小孩子的聲音！

「阿謙，那些壞人肯定追不到這裡了吧？你和祁避夏先藏到這邊灌木叢裡，小心別被人發現，我去找公用電話報警救人。」

「好。」名叫阿謙的小男孩言簡意賅的回答。

他聲調毫無起伏，透著一股說不上來的冰冷機械感，令人印象深刻，比剛剛說了半天話的小男孩A還容易讓祁避夏記住。

祁避夏在黑布下努力想要睜大自己的眼睛，內心充滿了不可思議的震驚。這對話的訊息量略大啊！意思是他被救了？被兩個貨真價實的小孩子救了？那還要警察何用！

再之後，祁避夏就失去了意識。

不是祁避夏的身體太弱，而是那個被留下來和他在一起的叫阿謙的小男孩，毫不猶豫給了他後脖頸一記手刀。這要是放在以前，祁避夏絕對不會相信有一天他竟然輕鬆的被一個小男孩放倒，但這就是現在的真實情況。

閉眼前，祁避夏只來得及悄悄藏起他從小男孩A身上摸到的一塊銘牌。

等祁避夏再睜開眼睛，已經是隔天的事情了。

刺眼的陽光透過窗戶照射進病房裡，祁避夏的經紀人阿羅，正擔心的坐在病床邊看著祁避夏，一臉緊張，他語氣關切的問：「你沒事吧？」

祁避夏虛弱一笑，「……我不過就是被餓了幾天嘛，能有什麼事？你看，我連聲音都沒有變調。」

「真是……禍害遺千年啊。」阿羅的舌頭一向比祁避夏更毒，見祁避夏真的沒事了，他也就放鬆了下來，嘴炮重啟：「也不知道你是什麼結構組成的，根本就是個妖孽，公路上那麼一大灘血，把我們嚇了個半死，結果你倒好，現在跟沒事人似的。」

「公路？不是灌木叢？等等，不對……那個小孩呢？」祁避夏的心一下子就揪了起來，

該不會在他昏過去之後又發生了什麼吧？他沒事，路上卻有一灘血，那肯定是救了他的小孩出事了啊！

「什麼小孩？」阿羅皺眉。

「就是救了我的小孩啊！別開玩笑了，我手上還抓著那孩子的牌子呢！」祁避夏著急得不得了，他雖然素來囂張，卻也不是不知道感恩的人，特別是救了他的兩個孩子還可能命在旦夕！

「你是說這個？」阿羅拿出了一塊印有「天使小屋愛心捐贈4540101」字樣的銘牌。

「嗯，就是這個！這是我從那孩子身上摸下來的，你去查查看，肯定能找到人的，我不騙你！牌子作證我沒出現幻覺，我真的是被兩個孩子救了！」

阿羅開始覺得祁避夏也許不是沒有受傷，只不過傷的是腦子，不好查出來而已。

最後在祁避夏的堅持下，阿羅還是去查了一下，並且真的挖到了不少料——如果不是親身經歷，很難讓人相信的猛料。

等阿羅再次回到祁避夏的病房時，他臉色十分沉重的說道：「聽我說之前你必須向我保證，你會保持冷靜。」

「我保證！」斬釘截鐵。

「還真是毫無誠意呢。」

「快別廢話了。」祁避夏的耐心一向有限。

「好吧。」阿羅推了一下自己的金絲邊眼鏡，早在接手祁避夏這個問題兒童的時候，他就已經明白自己不是來當經紀人，而是來當保姆的，「我從『天使小屋』著手查了下去，發現那是一個當地的公益組織，主要幫助的對象是社會上的苦難兒童。而有 4540101 牌子的那批物資都捐贈給了市裡的幾所孤兒院。其中的市立第一孤兒院，離你被綁架的倉庫只有幾百公尺遠。」

「我就說那不是我的幻覺。其中有個孩子叫……叫阿謙，對，阿謙！你去核對一下孤兒院裡孤兒們的名字，之後把名字裡帶『謙』字音的都叫來，我肯定能聽出那孩子的聲音，他的聲線很特別，我……」

「你答應過我不激動的。」阿羅壓下了掙扎著就要坐起來的祁避夏。

「抱歉。」

「那家孤兒院在你被解救的同一天晚上起了一場無名大火，孤兒院老舊，救火設施形同虛設，當時孩子們都在睡覺……」

「結果？」祁避夏的臉色變得更加慘白，他其實已經能猜到結局了，卻還是不見棺材不落淚，希望故事能出現什麼轉機。

「……據資料裡說，連工作人員和孤兒在內共計二十三人，無一生還。你節哀順變。那些歹徒窮凶極惡，國際刑警已經介入了調查，相信不久之後就會將人繩之以法了。」

「人都死了，說這些還有什麼用？！」

祁避夏止不住的想，是不是因為那兩個孤兒救了他，才招致這樣的殺身之禍？等等，不

對，「你說我被解救的當晚？具體是什麼時候？不要告訴我具體時間，就告訴我那場大火離警方接到救我的報警電話的時間遠近。」

「差不多同時發生的吧。」阿羅皺眉，開始苦思冥想那幾個數字，「前後應該相差不到十五分鐘。」

「也就是說大火有可能不是因綁匪而起！救我的那兩個孩子也沒有死！」

「如果你確定的話，那麼那兩個孤兒去救你的時候或許正好躲過了大火，這大概就是另類的好人有好報吧。我這就去聯絡那家孤兒院的院長，她當晚並不在孤兒院裡，是目前已知的唯一活下來的倖存者。那孩子叫阿謙是嗎？」

「是的，阿謙，我記得很清楚，但並不確定是哪個謙字。」

「我知道了。」

◎◆◎◆◎◆◎

就在阿羅和祁避夏為了找到那兩個陰差陽錯救了祁避夏的小男孩，將第三世界的B洲L市翻了個底朝天的時候，故事的主角祁謙同學，正抱著泰迪熊，茫然無措的站在一片焦黑的孤兒院火災現場，心想著完了，他和除夕藏在孤兒院裡的錢大概都被大火碳化了，這可如何是好？

果然最後還是要走上動漫裡迫降地球的外星人都會走的那條老路——毀滅地球了嗎？

新曆四五四年四月一日，愚人節。

半年前，祁謙隻身一人迫降地球；半年後，祁謙抱著一個棕色泰迪熊，再次變成了孤家寡人。

「Life is a bitch, until you die.」

祁謙在孤兒院最好的小夥伴除夕，曾用電視劇裡的臺詞這樣告訴祁謙。

「現實很殘酷，命運很操蛋，我們唯一能做的就是笑著過好每一天，氣死那群見不得我們好過的小婊子！」

祁謙深以為然。所以哪怕孤兒院被燒了，小夥伴除夕沒辦法再陪他了，他也要在未來努力活得更好。

不過，在考慮「未來」那麼遙遠的事情之前，他眼下還有個至關重要的問題待解決——他沒錢了，該怎麼活下去？

政府以為整個孤兒院的人都死了，祁謙也不打算再站出來刷存在感，因為他其實不太喜歡孤兒院。在α星的時候，祁謙就已經受夠了孤兒院；來到地球後，祁謙之所以會再次選擇孤兒院，不過是因為除夕這個人。而現在沒有了除夕，他自然不會再於孤兒院裡待下去，他要換回自力更生模式。

自力更生的想法，始自祁謙初到地球，那個時候他的光腦能量還沒有耗盡，很是認真的為他出謀劃策，規劃出了一個不錯的生活藍圖。

現在不過是沒了光腦，且身體縮回了幼年期，但也應該沒什麼區別吧？祁謙不太確定的想著。

【✓】未來的自力更生計畫。

【✗】計畫的第一步，首先要有個地球的合法公民身分。

其實祁謙雖然是非法移民地球的外星籍人士，但在光腦的幫助下，他在地球也是有合法的公民身分的，只不過那個身分是個孤兒，掛在市立第一孤兒院。祁謙現在不想和孤兒院扯上任何關係，勢必就要重新弄個身分證明。

身分證明要怎麼弄呢？

祁謙開始苦思冥想，他記得除夕告訴過他，要想有公民身分，就必須先上戶口。

但這個叫戶口的東西又該怎麼「上」呢？交配嗎？

◎◆◎◆◎◆◎

與此同時，遠在私人醫院的小天王祁避夏，正看著眼前據說小名叫阿千的小胖子，不太確定的對身邊衣著精緻的孤兒院院長愛莎問道：「妳確定他就是那天救了我的孩子？」

「當然。」愛莎女士一臉真誠，「祁先生，請相信我。我是一個孤兒院的院長，如果我人品不好、風評很差，又如何讓別人將錢捐贈給我院裡那些需要幫助的孩子們呢？」

「我不是不相信妳，只是……」

——這個世界上說得比唱得好聽的人可多著呢。妳從事慈善，我從事娛樂，靠的都是演技，妳是不是在演戲，我暫時還看不出來，但是妳找來的這個小胖子的表現我卻是看在眼裡的，他除了擁有能拖得動我的體格以外，身上就再沒有任何一點像是會勇於助人的素質了。

祁避夏不想用太過分的詞彙去形容一個孩子，只是眼前的小胖子真的讓人喜歡不起來，典型的熊孩子啊！

這些話在他嘴裡繞了一圈，最終還是不甘的重新嚥回了肚子。

阿羅交代過他，也許孩子是假的，但孤兒院院長是貨真價實的，她既然能自信前來冒名頂替，多少是應該有一些實料的，他們必須忍耐，直到把實話套出來！

愛莎院長看了一眼自家不爭氣的姪子，也明白祁避夏的懷疑。幸好，她還有別的底牌，由不得祁避夏不信，她抬手，遞了一個東西到祁避夏眼前，「我想這應該是你的釦子吧？」

祁避夏拿過釦子，觀察許久，不得不承認這確實是他那天被綁架時衣服上的釦子。

因為釦子很特殊，根本無法仿造。

就在前不久，祁避夏受邀成為Ｂ洲足球世界盃主題曲的演唱者，和Ｂ洲的國寶級歌后賈斯蒂娜一起參與演出。祁避夏從第一世界的Ｃ國千里迢迢來到第三世界的Ｂ洲，就是為了和賈斯蒂娜在Ｌ市一處名勝古蹟合拍主題曲的ＭＶ。祁避夏當時穿著的衣服從邊角料到釦子，都是Ｂ洲為了世界盃特製的，而在世界盃開幕前，沒人知道祁避夏穿了什麼，甚至他們都不知道主題曲的演唱者是誰。

「這釦子妳從哪裡得到的？」祁避夏確定了釦子的真假後表現得很激動。阿羅說對了，這個小胖子是假的，但這個叫愛莎的孤兒院院長肯定知道不少真消息。

「當然是在阿千救你的時候無意中遺落的，阿千覺得釦子很特別，就撿了回來。想必你也能看出我家阿千的性格，說實話，這孩子的性格被家中的老人慣壞了，但我們對孩子的教育還是很要求的，知道見義勇為，對吧，阿千？」愛莎女士暗中恨恨的捏了一把身邊小胖子的腰。

不得不說，愛莎院長一看就是做慣了「慈善」的人，特別擅長撒謊和圓謊，連祁避夏都不禁有點要相信她了。

結果……

小胖子卻很不給面子的「嗷」一嗓子叫開了：「小姑姑妳掐我幹什麼？還有你這個大明星也真是奇怪誒，救你就救你了，你問東問西個什麼勁啊？別是不想給錢吧？真摳門！果然戲子無情，婊子無義。」

「你、你這孩子胡說什麼呢？！」愛莎一下子就急了。

小胖子阿千從小生活在寵溺孫子又十分封建的爺爺身邊，一直都不太看得起偶像明星這個職業，但愛莎沒想到這孩子竟然會如此拆臺！祁避夏是尋常的小明星能比得了的嗎？成事不足、敗事有餘的東西！還不如隨便從街上拉個小孩呢！

——豬隊友大概說的就是這種傢伙了。

祁避夏想著。他沒生氣，反而興致勃勃的開始圍觀「影后」愛莎大戰豬隊友姪子，順便老神在在的想，其實不論小胖子說什麼，只要他開口，愛莎就輸定了。

因為祁避夏吃的就是音樂這碗飯，聽聲辨人的能力還是有的。更何況那個救了他的叫阿謙的男孩冷徹聲線十分特別，有一種溪水拍打鵝卵石表面所發出的純天然的清洌，可不是眼前這個肥頭大耳的小胖子渾濁的聲音所能替代的。

愛莎院長終於用《神神雞與永遠都抓不到雞的灰狐狸》的最新周邊玩具，稍微哄住了自己祖宗一樣的小姪子，之後再次厚著臉皮對祁避夏道：「讓你見笑了。這孩子其實是因為今天被我突然帶出來有點不高興，正鬧脾氣呢，請多見諒。」

「沒關係，只要妳能再回答我幾個問題，我就見諒。」祁避夏笑得意味深長。

「請說、請說！」

愛莎徹底暴露了她急切貪婪的本性。如果沒有她姪子鬧場，想必她能發揮得更出色，可惜了。

「妳姪子身上為什麼會有『天使小屋愛心捐助 4540101』的銘牌呢？這也是我從當時救我的孩子身上『撿』到的呢。」

愛莎院長猛地睜大了眼睛，很顯然她沒料到祁避夏還有這一手。不過很快的，她穩住了心神，找好了理由說道：「哎，這些家醜本不應該對你說的，但我這姪子真是已經被寵得沒邊了，不管是家裡的還是外面的東西，看上了就非要拿走不可。這不，他前段時間看上了捐贈物資裡的一件衣服，我鬧不過他就給了他，但我可沒虧待院裡的孩子，馬上又自己掏錢補了一件全新的。」

這謊圓得也算是前後呼應了，順便還加深小胖子被寵壞的形象，讓人從這樣的「真實」裡對後面愛莎的話也不自覺的多了一份信任。

只不過，唯一的破綻也出在這個小胖子被寵壞的形象上。這樣一個連孤兒院孩子的衣服都會毫不猶豫去要的人，又怎麼可能會有那麼高的覺悟去冒險救一個他根本看不起的戲子？祁避夏特別想問問愛莎：妳覺得我智商是有多低，才會相信這樣拙劣的謊言？

小胖子不情不願的表情，也充分證實了祁避夏的推測，這位小少爺正不滿姑姑說自己會喜歡那些別人不穿的捐贈衣。

「第二個問題，那天妳姪子去救我的時候，還有別人嗎？我昏迷前聽到的可不止一個孩子的聲音。」

「這、這……應該是有的吧，他平時有幾個滿要好的朋友。」愛莎院長開始遲疑了。

「有幾個呢？」

「兩、三個吧。」愛莎女士繼續打模糊戰。

「到底是兩個，還是三個？」祁避夏不依不撓、步步緊逼。

「兩個……兩個！連我姪子在內一共就三個孩子！其中有個女孩！」

人在情急之下，撒謊的時候就愛把真實發生過的事情錯構在自己的謊言裡。

祁避夏了然的點點頭，看來那天救他的兩個男孩，平時相處應該還有一個相熟的女孩，但那晚去救他的只有兩個膽子大的男孩。換言之，愛莎是真的知道是誰救了他！

「妳可以離開了。」祁避夏冷冷的送客。

「你不相信我？」愛莎院長拔高了聲音，瞬間惱羞成怒，「你這人簡直不可理喻！我們救你，你找人，我們承認了，但我們又不是圖你什麼，你卻在這邊一直像是審犯人一樣的審問我們！果然好人沒好報！走！」

說完，愛莎院長就拉著姪子氣衝衝的走了——又或者是為了掩飾狼狽而倉皇離開。

「我表現得不錯吧？」等愛莎院長離開，祁避夏便得意洋洋的對等在隔簾另一邊的阿羅說道。

「不錯。你好歹也曾是家喻戶曉的影視童星，要是連這點小事都搞不定，我就要開始懷疑當初頒給你特殊金像獎的評審組了。我安排的人已經跟上了愛莎，她為了得到你『慷慨的回報』，不可能就這麼善罷甘休。當初我找上她的時候事發突然，她肯定沒有什麼萬全的準備，現在你的懷疑只會逼得她不得不去找原主問清楚始末。」

「等愛莎找到了原主，我們也就找到了救我的小男孩，這就叫螳螂捕蟬，黃雀在後！」祁避夏桀桀一笑，好人氣息蕩然無存。

「……你身上的吐槽點實在是太多了。」阿羅白了他一眼。

◎◆◎◆◎◆◎

阿羅和祁避夏的計畫套用在一般人身上是十分周詳的，奈何他們兩人全都算漏了愛莎這個女人——低估了她的野心，又高看了她的人品。

愛莎不一定非要從祁謙和除夕身上才能得到釦子、知道始末。

因為釦子確確實實是撿到的，不過不是愛莎的姪子撿到，而是愛莎本人，就在孤兒院起

火那晚。

愛莎作為孤兒院火災唯一的倖存者，不是因為她那晚真的沒在孤兒院，而是在起火前她臨時得到消息，匆忙從後門離開孤兒院，躲到了倉庫附近的灌木叢裡。為保全自己的性命，她放棄了孤兒院裡另外二十三個人的命。

「綁架祁避夏」和「火燒孤兒院」其實是兩起惡性事件，只不過它們發生在同一晚，又因為地點相近，這才讓人誤以為是同一起事件。

愛莎在灌木叢裡撿到祁避夏的釦子時，其實只知道孤兒院的事，還不知道祁避夏的綁架案，只是她從小的收集癖作祟，這才順手將那枚看上去很特別的釦子撿了回去。

第二天，假裝一夜都睡在家裡的愛莎就得到了兩個消息——

一、孤兒院失火，院內二十三人無一生還。

二、祁避夏的經紀人阿羅找上她，詢問孤兒院裡叫「阿謙」的孩子，據說那孩子在昨晚救了被綁架的小天王祁避夏。

當阿羅說出「阿謙」這個音的時候，愛莎其實就已經知道他指的是哪個孩子了。

因為在市立第一孤兒院，孩子們的名字基本上都取自節日名，好比除夕、七夕什麼的，只有幾個月前突然出現，卻又有無法解釋的合法手續的奇怪男孩是有名有姓的祁謙。跟祁謙最要好的孩子叫除夕，是孤兒院的孩子王，也是愛莎眼中最大的刺兒頭，她因著除夕，才對祁謙多了一份關注。

再一聯想到自己昨晚撿到的釦子和孤兒院的大火，愛莎充分發揮了自己的想像力，在腦內重擬了昨晚的事：祁謙和除夕還有七夕三人救了祁避夏，之後重返孤兒院睡下，結果孤兒院突發大火，她躲了出去，幸運的撿到了祁避夏的釦子。

而因那場大火，孤兒們的書面資料已經無從查找了，電腦裡的戶籍資料也肯定被那些縱火的人消除乾淨……

思及此，院長愛莎這才有恃無恐的覺得姪子阿千肯定能成功頂替祁謙，冒領那一份救命之恩。

讓身價上億的小天王欠她一個人情，想想還真是有點小激動呢！

是的，欠人情，而不是立刻得到一大筆謝款，愛莎的野心可不會只有錢那麼簡單。

但愛莎怎麼都沒想到，她的姪子會蠢鈍如斯！十拿九穩的事情都能讓他搞砸了！

一出醫院，愛莎就變了臉，生吃了姪子的心都有了。

但那個從來都不會看人眼色的小胖子，還在一邊嘟著香腸嘴叫嚷：「我們去買《神神雞與永遠都抓不到雞的灰狐狸》吧！」

正想著如何挽回祁避夏的愛莎，只是隨意敷衍了一句：「過幾天。」

「我！現！在！就！要！妳不買給我，我就去告訴我媽媽！」

愛莎能當上孤兒院院長，靠的正是小胖子在B洲政府單位裡當長官的母親，她平時一向都是巴結自己嫂子的。小胖子阿千雖看不懂大人之間的複雜關係，卻也明白在這種時候只要抬出自己的母親，他的小姑姑准會讓他得償所願。

愛莎心裡窩火極了，最後卻還是只能努力笑著說：「行，那我們現在就去吧。」

愛莎本以為不過是破一筆小財，換得耳邊清靜，卻沒想到她家姪子的胃口早已經不是一個玩具就能滿足的了。

有什麼樣的家長就有什麼樣的孩子，愛莎自己就是個欲壑難填又工於算計的，他姪子小小年紀自然也不遑多讓，但都是些小聰明，好比他一開始的目的就不是什麼周邊玩具，而是去購物中心購物。

在刷了上萬塊錢的信用卡之後，愛莎終於爆發了：「要要要，整天就知道要這要那，事情都給我搞砸了，你還有臉要！我也不怕你告訴你媽媽了，我倒是要看看，等你媽媽知道你幹了什麼好事之後，她是幫我還是幫你！」

祁避夏與尋常明星最大的區別不是他在全球範圍內的影響力，也不是那段年少成名又轉型失敗的坎坷經歷，而是他背後站著的白齊娛樂。

白齊娛樂其實本身也沒什麼，要命的是它的創始人、現在最大的股東白安娜——這位出身世家，嫁給了另一個世家，小道消息裡養弟還是某個不可言說的老大的親弟弟。換言之，白安娜就是黑白兩道通吃，商政強強結合的典範。

而祁避夏稱這位傳奇人物為大姐。

在當今這個高度信奉「民主與自由」、「地球村」的世界，國家概念不斷弱化，世家之氣死灰復燃。

小胖子的母親也是費了一番勁，才打聽到有關祁避夏身分的內部消息，她一直在謀劃著如何趁祁避夏來L市，搭上白氏或齊氏這樣的龐然大物。

愛莎也是在看到由白氏集團投資的購物中心後才明白過來的，一旦她嫂子知道了小胖子今天做的事，哪怕這熊孩子嚎死，也是離不了一頓打的！想想還真是解氣，愛莎不禁勾起了愉悅的唇角，惡意滿滿的看向自家姪子。

從事慈善事業多年的愛莎院長，其實最煩的就是小孩子，簡直已經到了生理性厭惡的地步，哪怕是親姪子，也不會讓她多一些真心。

「妳！」

小孩子其實對善惡是十分敏感的，在愛莎念頭剛起的時候，小胖子就已經本能的感覺到了危險，轉頭就用與肥胖的身材完全不符的矯捷步伐跑遠了。

祁謙一邊思考著接下來的人生方向，一邊抱著泰迪熊在人行道上緩慢行走，就見迎面橫衝直撞跑來了一個小胖子，那一身顫抖的肥肉，讓人看著都替他累得慌。

祁謙正準備繞過小胖子繼續向前，卻很意外的被攔了下來。

「你的泰迪熊哪裡買的？我也想買一個。」

小胖子毫不客氣的開口，態度那是相當的頤指氣使，很顯然他不是想要泰迪熊，而是想找碴，發洩一下被姑姑嚇到的恐懼。

祁謙理都沒理。他正因為除夕和未來生存的事情煩得情緒不穩呢，根本不可能回答。好吧，即便沒有這些事，他大概也不會回答。原因很簡單，人類會在意路上的螞蟻嗎？不會！在α星人祁謙的眼裡，大部分的地球人都是螞蟻。

「喂，我問你話呢！」小胖了這類炮灰角色一直都深諳努力找死的精髓。

「獨此一個。」祁謙因為除夕曾經的告誡，沒有直接推開眼前的小胖子，想著隨便敷衍一下吧。只是他的耐心很有限，在他四個字的回答下面，湧動的是澎湃的殺意——地球就是比α星麻煩，弱者被強者殺不是理所當然的嗎？為什麼不能殺人？要忍耐？

「那你這個怎麼賣？我買了。」小胖子自以為這話說得特別狂狷霸氣，在心裡很是自得了一番。

「不賣！」祁謙連正眼都沒再給小胖了，心想著這大概就是除夕告訴他的神經病了。

回憶裡，除夕對祁謙說：「在地球上分三種人，男人、女人和神經病。神經病這種生物呢，腦細胞詭異，行事難以預測，一旦招惹，不褪一層皮根本無法脫身。所以當我們遇到神經病的時候該怎麼做呢？」

「殺了他！」祁謙回答得擲地有聲。

「……這倒也不失為一個一勞永逸的辦法。不過，你殺人之後要是處理不當，就會有警方介入，到時候更麻煩。所以最省事的方法還是由他、避他、縱他、不要搭理他，等再過段時間，你看不憋死他！」

於是，面對小胖子的不依不撓，祁謙最終選擇了站在原地……用眼神殺死他。

小胖子趨利避害的本能，在祁謙比自己矮了一個頭的情況下沒能發揮出來，小胖子心頭火起，上前一把就想要拉過祁謙纖細的手腕，直接去搶祁謙懷裡的泰迪熊。

祁謙等的就是小胖子動手，因為除夕除了對他說過不要搭理神經病以外，還曾經對他說過：「人不犯我，我不犯人，人若犯我，斬草除根！語言上的攻擊，你就當沒聽見，但他要是敢對你動手動腳，那就不要客氣，殺了他我幫你埋屍！」

結果……

祁謙只是輕輕一推，還沒開始動真格的呢，小胖子已經被推出了老遠，甚至還很戲劇化的身體後仰著滾了又……好吧，最終止步於一圈，小胖子的身材實在是後滾翻不起來。

小胖子癱在地上，像是看怪物一樣抬頭朝祁謙看去，正與對方冰冷的眼神相遇，這一次他終於讀懂了那雙深潭一般的黑眸裡的資訊——對方會殺了他的！小胖子無不驚恐的想到，之後他就開始拚命嚎叫，既是為了釋放恐懼，也是為了招來大人幫忙。

熊孩子的大招——「我要告訴我媽！」

此招實乃集古今中外數千年熊孩子胡攪蠻纏經驗之大成者，可越級傷人，千里之外取敵首級，對親友傷害值翻倍，基本上無法破解。

但祁謙卻絲毫不受影響，因為α星不講究這個，是不知者無畏，也是一力降十會。在絕對的武力值面前，一切小聰明都是紙老虎。

祁謙抱著泰迪熊，步履穩健的徐徐向前，就這樣面無表情的逼近了小胖子，好準備實施除夕告訴過他的「斬草除根」。

就在這時，愛莎終於追上了自己的姪子，並看到了他被人「欺負」。

愛莎不喜歡自己的姪子，但她也不喜歡看到姪子被人欺負。她看也沒看，上前就想給祁謙一巴掌，她手上的寶石戒指可是搧人利器。

祁謙卻猛然回頭，在愛莎還沒有靠近的時候，他就已經感應到了她的存在。

那目光如冰，眼神似劍，愛莎硬生生被嚇退了半步。而當她穩定心神、看清楚眼前到底是誰的時候，她震驚的情緒再一次翻湧起來，「祁謙？你怎麼沒死？！」

祁謙也認出了愛莎，變得更想動手了。愛莎在孤兒院時總是針對除夕，他早就想幫除夕報仇了。

愛莎也表情陰鬱的飛快盤算了起來，這個祁謙果然不同尋常，大火都沒能燒死他。再一想到還在醫院裡等消息的祁避夏，愛莎立刻決定了新方向——硬的不行，那就懷柔吧，這也是她最拿手的把戲。

「阿謙啊，天吶！」愛莎的眼淚說掉就掉，演技到位，感情真摯，「你可嚇死阿姨了，這些天你都跑到哪裡去了？你怎麼能因為和哥哥拌幾句嘴就離家出走？！」

原本就站在一邊看戲的圍觀群眾「哦」了一聲，自以為明白了真相，原來是家務事。

「誰離家出走了？！」

這聲音來自兩處，一處自然是愛莎早就算好的祁謙會有的回答，她也想好了應對之言；但另一處聲音，卻讓愛莎一瞬間恍墜冰窟。

人群如摩西分海，為天生閃光體的祁避夏不自覺的讓開了一條通道，使他如眾星拱月般的出現了。

身為歌手，祁避夏的聲音自然是十分悅耳的，有一種金戈鐵馬似的鏗鏘之力，讓人不由自主的想要去信服。而他的臉比他的聲音還要讓人眼前一亮，五官分明，俊秀精緻，眉眼間有著一往無前的堅毅與爽朗，就好像初冬最和煦的陽光，不刺眼，卻溫暖人心。在場不少人都看愣了。

有些人靠聰明才智懾人，有些人靠通天的手腕，祁避夏靠臉就可以了。

「愛莎女士，飯可以亂吃，話可不能亂說，祁謙是我兒子，我怎麼不知道他什麼時候離家出走了？」

擲地有聲的一句話如油入水，瞬間炸開了鍋。

終於有人反應過來，眼前這人不就是祁避夏嘛，那個紅遍全球的小天王祁避夏！

但是……等等，祁避夏什麼時候有兒子了？他才二十歲吧？

與此同時，祁避夏已經十分有經驗的一把扛過祁謙，藉著長腿優勢，三步併作兩步的殺出了還不算嚴重的重圍。在人們追上他之前，快速上了停在街邊的加長悍馬。

車內，前面坐著司機和保鏢Ａ，後面則依序坐著經紀人阿羅、助理小錢、保鏢Ｂ和Ｃ。在加長車的前後左右，還有另外幾輛裝滿了保鏢的防彈車在保駕護航。自綁架事件之後，祁避夏本就誇張的出行排場，變得更加誇張了。祁避夏的大姐白安娜和三哥白秋本來還打算千里空降一支傭兵部隊過來，不過最終被阿羅勸住了，又不是要黑道火拚，來那麼多人

只會壞事。

祁謙抱著對他來說最重要的泰迪熊，在確定了車內的幾個人對他來說還構不成威脅後，就徹底漠不關心了。

祁避夏自坐進車裡之後，就開始對祁謙一口一句「兒子你受苦了」、「爸爸可算是找到你了」的說個不停。

「咳，你發現你兒子根本就是把你當神經病了嗎？」阿羅不忍再看自家藝人犯蠢，善意提醒道。

祁謙默默在心裡替阿羅按了讚，因為祁避夏在他心裡的分類就屬於除夕說過要無視的神經病。

祁避夏好像這才理解了祁謙不加掩飾的鄙視，脫離自high模式，轉而進入了八百集苦情PLAY：「我真的是你爸爸啊，兒子，謙寶QAQ你要相信爸爸！爸爸是好人，絕對不是什麼隨隨便便誘拐小朋友的怪蜀黍！」

「你兒子不是覺得你是壞人，只是覺得你是病人而已。」阿羅道。

「爸爸沒有生病哦！」祁避夏哈哈一笑，抬手揉了揉自家兒子黑色的齊耳短髮，心情大好，「兒子真孝順～爸爸好感動～」

說完，他忙不迭的掏出手機，更新了一下自己的微信心情：【我兒子對我是真愛！】

「……」全車靜默。這理解能力，去異世界剛進修回來嗎？

「他今天吃藥了嗎？」祁謙直接與阿羅這個在他看來還算正常的人對話。

阿羅認真回覆：「李時珍曾經說過，故腦殘者無藥可醫，我們雖還沒有放棄治療，但真的已經盡力了，以後還請你多擔待。」

「有這樣的爸爸還真是辛苦吶。」助理小錢感同身受的點了點頭。

「他不可能是我爸。」祁謙道。

阿羅推了一下自己耍帥用的金絲邊眼鏡，「哦？你又為什麼能如此篤定呢？」

因為一個純種的地球人，不可能生出一個純種的α星人……但是該死的，這麼強而有力的證明，祁謙卻不能說。

阿羅見祁謙沉默，也沒跟他廢話，把一份寫著「DNA匹配度99.9%」的親子鑑定，遞到了祁謙眼前，並用一種從未有過的溫柔聲音體貼的說道：「你認識字嗎？沒有的話我可以唸給你聽，有什麼不懂的地方，你也可以隨時問我。對了，還沒自我介紹，我叫『阿羅』，是你爸爸的經紀人，你可以叫我阿羅叔叔。」

祁謙繼續沉默，死一般的沉默。他認字，也理解那份文件上面的意思，只是……

雖然知道地球的科技落後，但在認親方面的技術能如此落後，也實在是讓祁謙嘆為觀止了。DNA親子鑑定？搞笑嗎？

這種鑑定方式在祁謙眼裡，就跟古人滴血認親一樣，是十分不科學的。

祁謙並不是生物學方面的專家，無法解釋其中深奧的原理，但他卻知道祁避夏為什麼會和他的DNA吻合。

前面說過，祁謙和他的小夥伴除夕一起救了被綁架的祁避夏，但這個解救的過程卻沒有

祁避夏記得的那麼簡單，其中的驚險和波折不斷。當然，對別人來說是危險，祁謙本身倒是沒受什麼影響。可是祁避夏就慘了，作為當時唯一昏迷的拖累，他不受傷才比較奇怪。

不過，當下祁謙以犧牲一條能量尾巴為代價，替祁避夏做了緊急治療，這才在阿羅等人找到祁避夏時，發現祁避夏並沒有受什麼傷。

α星人與地球人外表相似，都是人形生物，唯一的區別就是人類沒有尾巴，而α星人身後有用於凝聚生命能量的尾巴，還不只一條，關鍵時刻α星人可以斷尾求生，也能用尾巴來救治他人。

當然，在祁謙的觀念裡，可從沒有什麼路見不平拔刀相助，他當時會救祁避夏，只是因為那是除夕倒在血泊裡時對他的唯一請求。

祁謙一直都想不通除夕對祁避夏的執著。每每想到除夕蒼白如紙的面容，祁謙就感覺自己名為心臟的部位像是被什麼捏住了一樣，明明沒有遭受攻擊，卻會感覺到椎心之痛。

所以在祁避夏扛著他上車時，祁謙沒怎麼反抗就跟著走了，因為祁避夏可是除夕要救的人。但祁謙很討厭祁避夏，在他看來祁避夏就是導致他不能和除夕繼續在一起的元凶，其討厭程度僅次於那些傷害了除夕的綁匪。

可命運就是這麼愛玩弄人。

喜歡祁謙喜歡得不得了的祁避夏，和討厭祁避夏討厭得不得了的祁謙，在地球落後的親子鑑定測試下，成了親父子。

其實，等過上個七年，祁避夏的身體徹底完成一次整體的新陳代謝循環後，他和祁謙也就不會再有血緣關係了。

「你是怎麼拿到我的DNA的？」祁謙敵視的看著眼前無時無刻想學金毛犬一樣撲過來抱住自己的祁避夏。

負責「拴住」祁避夏的阿羅，替眼裡腦裡只有兒子的祁避夏回答了祁謙的問題：「我一直在思索你為什麼會去救避夏，於是當我在『天使小屋愛心捐助4501010』的銘牌上發現了一些毛髮後，我就私下裡有了個大膽的猜想，並付諸了行動，然後——Bang！」

這個親子鑑定的結果是連夜做的，就在愛莎離開醫院沒一會兒，阿羅和祁避夏便得到了鑑定結果。然後祁避夏就坐不住了，非要去找愛莎，這才有了剛剛在購物中心外面的一幕。

祁謙直視著阿羅，平靜的問了一個問題：「你想過那牌子有可能是我朋友的嗎？」

我不會嫌你窮的

CHI CHIAN'S DIARY

初冬回憶——

在祁謙被除夕撿到後的某天，除夕突發奇想的對祁謙說：「嗨，我來替你取名字吧。」

祁謙其實是有名字的，按照α星慣例取名「1114」，祁謙覺得這個名字特別有內涵，可惜除夕說用數字當名字在地球不怎麼流行，而且1114的諧音聽起來像是「要要要死」，不吉利。

「我叫除夕，她叫七夕，都是我故鄉第一世界C國的傳統節日，孤兒院裡的大家差不多也是這麼叫的。我們已經有了重陽、寒食、中秋、清明、端午，你就叫……」

「元宵！」七夕妹子搶先開口。

「不，叫祁謙。」除夕卻毫不猶豫給了不一樣的答案。

「你可真有特殊的取名技巧，教你什麼叫規律的修女一定感動得快要哭了。」七夕妹子一臉嘲諷。

「『祁謙』是哪個節日？」祁謙不明就裡。

「『祁謙』不是節日，而是一個正式的名字。我媽媽生前很喜歡的一個童星就姓祁，她說祁這個姓氏能給我帶來好運，我不知道是不是真的啦，但我希望『祁』能帶給你好運。至於『謙』嘛，這是我很喜歡的字，本來我打算長大後給自己當名字用的，但現在你更需要，就先給你好了。等我需要名字的時候，你再幫我想個更好的吧。」

七夕妹子聽除夕這麼說了之後，表現得有點不高興。

但祁謙不在乎，因為七夕不是除夕，他喜歡「祁謙」這個名字，那讓他覺得他與除夕的

關係變得更加緊密了。

從今往後，他就叫祁謙，而在未來，除夕會用他替他想的名字。

想到這裡的時候，祁謙嘴角揚起的弧度就怎麼都壓不下去了。

阿羅已經從祁避夏那裡知道了綁架當晚有兩個孩子，銘牌上的毛髮也有兩種ＤＮＡ。

「但我們最終還是確定了是你。你知道這世界上有個機構叫『ＤＮＡ資訊管理庫』嗎？早在ＤＮＡ技術之初就有了構想，幾十年前正式實施，全球每個孩子一出生，ＤＮＡ都會登記在冊，方便親生父母尋找。」

說著，阿羅遞上另外一份親子鑑定給祁謙。

「要不是我下手快，根本得不到這份資料檔案。事實上，我也只來得及得到一部分孤兒的ＤＮＡ，大半都已經被銷毀了，幸好你屬於少部分。祁謙，男，新曆四四八年十一月十四日出生於第一世界Ｃ國，後隨單身母親輾轉至第三世界Ｂ洲Ｌ市，母親於四五三年十一月重病去世，將剛過五歲生日、虛歲六歲的你送入了市立第一孤兒院。有哪裡不對嗎？」

祁謙搖搖頭。全對。這就是光腦為他編造的全部身世，他活著的每一步都有跡可循，無懈可擊。

出生地Ｃ國，是祁謙堅持之下安排的，他選擇了和除夕一樣的母國。

但這樣的身世，如今卻好像更加坐實了祁謙就是一直生活在C國的祁避夏的兒子。

「你明白這意味著什麼嗎？」阿羅再問。

「意味著你就是我兒子呀！謙寶！」一直在旁邊虎視眈眈的蠢爹祁避夏，終於按捺不住寂寞的搶答，「六年前，我遇到了你母親，呃……」祁避夏扭頭，對阿羅問道：「謙寶他媽叫什麼名字來著？」

「＝_＝」祁謙充滿嫌棄的看了一眼祁避夏。謙寶？這是什麼鬼？！

「……你能別添亂嗎？」阿羅無語的看著祁避夏。

——不知道孩子母親叫什麼也就算了，但你別當著孩子的面說出來好嗎？母親對於一個孩子來說都是獨一無二的，祁謙前五年半的人生你沒能參與，現在就請不要再不遺餘力的抹黑自己了，謝謝！當你的經紀人真的很容易死於腦細胞損耗過大啊祖宗！

「但是你說的這些，謙寶怎麼可能聽得懂？他還不到六歲耶！哪怕是我，都沒能全部聽懂呢！」

「你能別用你的智商來揣測你兒子好嗎？」阿羅將一張早就準備好的診斷書，拍在了祁避夏那張大眾情人的臉上。

「你其實嫉妒我比你帥很久了對吧？！我就知道！」祁避夏一邊氣哼哼的嘟囔，一邊看起了診斷書。

全車人都一起默默將頭轉到了一邊，包括祁謙，他還特意幫懷中的泰迪熊一起轉頭。

「給我轉回來啊混蛋！你們都把我兒子教壞了！」祁避夏很悲憤，不過也是嬉鬧成分居

多，希望兒子能在這樣的環境裡放鬆下來。

等看完診斷書，祁避夏才是真的怒了，又將診斷書重新拍回了阿羅臉上，「什麼叫亞斯伯格症候群？！你兒子才精神分裂呢！你全家都精神分裂！」

「你看清楚，是兒童分裂樣精神病，分裂樣，樣！換種說法就是自閉症又或者孤獨症，這是『孤兒』和『高智商兒童』很容易患上的一種精神性疾病。很不幸的，你兒子兩樣都占全了。」

政府強制規定孤兒院每年都要為院裡的孩子做一次心理檢測，可不是沒有道理的。

祁避夏一愣，緊接著就陷入了某種不可言說的興奮，因為……

「這麼說我兒子是天才囉？」

阿羅對祁避夏與眾不同的思維習以為常，他順著祁避夏的思路回答：「也可以這麼說，不過具體智商到底是多少，還需要做進一步的測試。當初替你兒子檢查的心理醫生說過，預計不會低於一五〇。你先別高興得太早，祁謙的高智商，同時也代表著他不適合和普通的小孩一起玩，否則他有可能還會得焦慮症。」

助理小錢想起了前幾年的一句網路流行語：智商高到沒朋友。

祁謙在心裡表示：我智商的準確數值是一六二，在α星就已經測過了，不過這在α星是平均值，大眾標準。

「不能跟普通小孩玩就不玩唄，我家謙寶還不稀罕呢。」祁避夏不甚在意。他祁避夏的兒子，就該有這份早早脫穎於眾人的聰明才智，「這是家族傳統，想想我家執掌整個白氏帝國的大哥，精通十八門外語的二哥，還有大姐的女兒，以及三哥的兒子，不都是具有早慧之名的人物嘛！這說明謙寶將來會像他們一樣，站在金字塔頂端俯瞰眾生。兒砸真是棒棒噠！」

「所以說，在你和白堇身上到底發生了什麼？」一家天才，只除了祁避夏和白安娜……多麼引人深思。阿羅嘆了口氣，掛在臉上的眼鏡鏡片莫名的閃了又閃，對祁避夏說道：「你還是沒懂我的意思——」

「愚蠢的人類啊，同理可證，我也不適合跟你一起玩。」祁謙替阿羅把他準備說的下句話說了出來。祁謙還準備自己再加一句——所以你還是別認我了，我不想當你兒子。

結果……

「嗷嗷，謙寶好厲害！竟然能搶阿羅的話！是聰明的小少年！但是以後看動漫的時候還是篩選一下吧，有些中二漫不太適合你這個年紀看哦。」好比愚蠢的人類啊、毀滅世界啊、我是新世界的神啊之類的話，就特別不適合祁謙說。

祁避夏再次更新了微信心情：【兒子虐我千百遍，我待兒子如初戀！前面說錯了，現在糾正，我對我兒子才是真愛！】

這世界上總有那麼一種人會讓你覺得跟他講智商，都是侮辱了你的智商——阿羅和祁謙不約而同的想到。

總之，祁謙當祁避夏的兒子是當定了，沒有任何否決權。

認兒子的手續都不用祁避夏背後的家人出手，就有人主動湊上來巴結，自帶工作人員和

蓋章系統，立即搞定。

祁謙火速入籍祁家，擁有了C國的公民身分證。

◎◆◎◆◎◆◎

有了孩子，百病全消。祁避夏沒再回醫院，直接帶著祁謙去了白氏集團旗下的五星級飯店。頂層，是只提供給白氏幾個直系親屬的超豪華套房。

套房的大客廳裡，祁避夏正興高采烈的和政府官員辦理祁謙的入籍手續。

隔壁的小客廳裡，阿羅在和祁謙進行「心和心的溝通」。

「你很討厭避夏？」

祁謙毫不猶豫的點了點頭。

「呃……」阿羅沒想到祁謙會如此耿直，當機了一下才道：「避夏那個人是蠢了一點，但也是因為突然當了爸爸的緣故，平時還是……很可靠的。」

祁謙：這可疑的停頓是什麼？

阿羅繼續說：「他是真的因為有你這個兒子而感到高興，甚至不計後果。你應該知道他的職業——明星，正當紅的流行音樂小天王，他現在才二十歲，你已經快六歲了，你知道這意味著什麼嗎？意味著他十四歲就玩出了『人命』。這件事情爆出來之後，會給他的事業帶來的災難用雪崩都不足以形容。但當他知道有你的存在後，還是一力堅持要認回你，不顧一切的想要昭告天下。」

「他怎麼想都與我無關。」祁謙平淡的敘述著自己的真實想法，「我不在乎。」

阿羅道：「我不信。」

祁謙用黑白分明的雙眼看著阿羅，給了四字真言：「愛信不信。」

「那你能告訴我，你為什麼要去救他嗎？雖然孤兒院離倉庫很近，但那麼多窮凶極惡的綁匪，你都不害怕嗎？」

「不怕。」祁謙。

「……」阿羅一臉「真拿你沒辦法啊」的縱容表情道：「好吧，你不怕。」

「我真的不怕！」祁謙皺眉，這種明明你說的是真話，對方卻以為是假的，還一臉體貼的假意相信你什麼的，實在是太委屈了！

「是是是！」阿羅覺得這樣的不斷強調，只能說明小孩子的傲嬌，「換個話題吧，我不知道你母親是如何對你說避夏的，只希望你能知道，避夏在十四歲度過了很艱難的一段日子，他當時面臨的壓力很多人一輩子都無法想像。我不是要為他開脫什麼，錯了就是錯了，但他已經長大了，學會了懺悔與負責。他這些年沒有去尋找你們母子，不是因為他不想，而是他不知道。能請你給他一個對你好的機會嗎？」

「我……」

祁謙正準備否決，就被阿羅打斷了。

「你先別這麼急著回答，那只是逞一時的口舌之快。」他抬起右手，摸了摸祁謙心臟的

部位，「冷靜下來，用這裡想一想，這裡面裝著什麼？你去倉庫救避夏又是為了什麼？潛意識裡，你其實還是希望能給他機會的，對吧？」

業界知名的金牌經紀人阿羅，當年初混演藝圈的時候，其實是想當個寫家長裡短狗血劇的編劇。

心裡有什麼？

心肌、左心房、左心室、右心房、右心室、冠狀血管、心包胸膜等等，除了這些還能有什麼？

祁謙覺得他太大意了，阿羅看著像個正常人，沒想到卻是隱藏最深的神經病。莫名的有點小憂傷呢。_(:3」∠)_

但最後祁謙還是被說服了。

搞定祁謙的，不是阿羅這個熱愛腦補的文藝青年，而是誰也沒想到會成事的祁避夏。

「你暫時接受不了我當你爸爸，這沒有關係，你就把我對你的照顧，當作我對救命之恩的報答好了。你現在孤身一人，又無處可去，被你搭救了的我，不在這個時候幫你，那還算人嘛？！我供你吃、供你穿、供你上大學，直至成年，怎樣？這是等價交換，我覺得我的命還是很值錢的。」

在挽留兒子這方面，祁避夏難得發揮了超越他智商的急智。

好像挺有道理的。祁謙皺眉想著。

雖然祁謙救祁避夏不是為了報酬，而是因為除夕的關係，但除夕也說過「有便宜不占王八蛋」，他缺錢，祁避夏有錢……何樂而不為呢？

「成交。」祁謙點點頭，想了想又補充道：「等我賺了錢會還你的。」

祁謙的想法很簡單，他現在缺錢，所以應承了祁避夏的報答，但其實他沒有圖祁避夏的報答，所以等將來他有了錢，他會再把錢還回去。

不管這個邏輯有多神奇，但只要祁謙自己覺得說得通也就可以了。

祁避夏聽了祁謙的話之後倒是挺開心的，因為他理解成這是兒子在向他保證，等他老了之後兒子會養他的承諾……多霸氣，多有孝心，考慮得多長遠，不愧是他兒子啊！

——你兒子明明是想和你劃清界限，兩不相欠好嗎？！

阿羅費盡千辛萬苦才忍住了自己的嘴，沒在這個祁避夏興高采烈的當頭潑他冷水。

晚上打電話給祁避夏的大姐白安娜彙報情況時，阿羅倒是大略說了一下，話裡話外都透露了對祁避夏父子關係的擔憂。

白家大姐卻毫不在意的說道：「阿羅啊，我知道你很有責任感，所以當年才放心把一蹶不振的避夏交給你帶，你也沒有辜負我的信任。只不過……你有沒有覺得，你對避夏保護過度了？」

「昨天晚上還嚷嚷著要把一支傭兵部隊空投過來的人沒有資格這麼說我！」

白家現在掌權的這一代，幾個人最大的特色就是護短，兄控、弟控、姐控、妹控等等，互相控得亂七八糟，年齡越小的，受到的照顧就越多。表弟祁避夏雖然是收養來的，不過白

安娜這一輩的人都待他如親生弟弟，也因為祁避夏的年齡比白家下一輩的幾個人還要小，所以他一直備受「關注」。

可想而知，等祁謙回去取代祁避夏成為全家最小的成員之後，一定會過得很「精采」。

「那個試圖欺騙避夏，又妄圖阻撓避夏認回阿謙的叫什麼愛莎的女人處理了嗎？」白安娜沒再繼續和阿羅糾纏到底誰更控祁避夏，改問了個她更關心的問題。

阿羅道：「我已經藉齊氏之名和這裡的相關單位打好關係了，孤兒院失火那麼大的事，二十三條人命，總有人要出面負責。」

白安娜出身的白氏士商，她嫁過去的齊氏士政，這種時候搬出齊氏的名頭，會比白氏更有用。在處理祁避夏的事情上，阿羅曾得到過白安娜的默許，可以偶爾適度的調用一下兩家的力量。

「綁匪的事情呢？」

「我已經向警局施壓了，道上也拜託了三少去和裴爺、白小少爺溝通。」

白安娜的三弟白秋是白家的養子，親哥哥其實是道上一個不可言說的老大，而這位白三少的兒子長大後也變成另一位道上不可言說的老大。

至於白齊娛樂，則是白安娜和白秋共同的產業。

簡單來說，關於這次祁避夏在第三世界一連串的糟心事情，阿羅已經把白安娜能利用上的幾路神佛都拜了個遍。

「你還好意思說這不是保護過度！」白安娜再次扳回一城。

「……最近新上檔的電視劇《往死裡作的白蓮花與往死裡作白蓮花的渣男的二三情事》妳看了嗎？很讚喲，強烈推薦。」

「話題轉得也太生硬了！為什麼你總愛看這種惡俗到連我家旁邊菜市場的婆婆媽媽都不屑看的電視劇？你身為金牌經紀人的品味呢？」白安娜表示，當初沒同意讓阿羅當自家公司的編劇，真是她這輩子做過的最英明的決定，沒有之一。

「咦，白董這樣的大忙人，還會親自去買菜？」阿羅很是驚訝，「妳的豪門婆婆在虐待妳嗎？」

「再見！」

阿羅面對掛斷的手機，還不忘憂心忡忡的感嘆一句：「豪門媳婦不好做啊不好做，連哪怕同是出身名門的白董，都難逃此劫。」

半夜起來找水喝的祁謙，正好聽到了阿羅的感慨，他便默默的退回去又把門關上了。水這種東西，他一個月不喝也不會死，還是不要在阿羅犯病的時候去招惹他了。

認親風波平息後，祁避夏和祁謙並沒有急著離開第三世界，因為祁避夏還有工作沒完成呢，就是世界盃主題曲的ＭＶ拍攝。

祁謙也被帶到了拍攝現場，由經紀人阿羅和助理小錢負責照看。

其實祁避夏的助理有四個，趙、錢、孫、李，但祁避夏卻只放心把祁謙交給小錢，他當年就吃過親近之人的虧，所以在用人一事上總會特別小心。

Ｂ洲的國寶級歌后賈斯蒂娜，在拍攝的空檔還特意和祁謙拍了Ｎ張合影。女星嘛，拍照五分鐘，修圖一小時。賈斯蒂娜的性格直白又火辣，一直在誇祁謙是她見過的最可愛漂亮的小孩，真羨慕祁避夏能有這樣的兒子。

「看你爸那尾巴翹起來的得意樣。」阿羅站在一邊，笑著對祁謙打趣道。

其實祁避夏在外面的時候，還是很懂得維持形象的，俗稱裝酷。哪怕賈斯蒂娜對祁謙的誇獎讓祁避夏樂得不行，他也表現得進退有度，不見絲毫蠢樣。但阿羅為了拉近祁謙和祁避夏的距離，只能睜眼說瞎話。

「他沒有尾巴。」祁謙一臉認真道，「除夕說地球人長不出尾巴，這是常識。」

這次連在後面一字排開站著的保鏢們都有點忍俊不禁了，心想小少爺怎麼能這麼可愛，嗷嗷，太犯規了！

「算我說錯話。我只是想說，我沒有騙你吧？雖然避夏平時那個樣子，但對待工作還是很認真的。哪怕發生了綁架，他也沒有離開，而是堅持完成了拍攝。男人在工作的時候是最有魅力的，感受到他的魅力了嗎？」

祁謙看著在鏡頭前好像瞬間換了個人，渾身上下都在閃著光的祁避夏，在懷疑對方有人格分裂的同時，卻也不得不認同的點點頭。

「他也不是完全沒有優點的。」

祁謙喜歡認真的人，那種會為了自己的目標而全力以赴的認真，總讓他移不開眼睛。

Yes！阿羅在心裡暗暗握拳，總算是找對攻略辦法了。

「我對他的好感增加了百分之十，現在終於湊了個整數，變成負一千零二十四了。」

「……」

阿羅內心糾結中：我都不知道是該吐槽你用玩ＲＰＧ遊戲的方式量化了現實關係，還是該吐槽你對整數的認知……一千零二十四？這是什麼見鬼的整數？祁避夏是有多讓你討厭啊，居然負了一千多？怎麼辦，已經不忍心問你對我的好感度是多少了……

一週後，祁避夏的工作全部完成，祁謙一行人終於乘坐著私人飛機飛往了大洋彼岸的第一世界Ｃ國ＬＶ市的城中城「三十三天」。

世界在高速發展，作為其中領頭羊的Ｃ國自然是大踏步的前進，其中之一的表現就是城市職能的細化，不會再把過多功能堆聚在一座城市上，一座城市一般只執行一個職能，好比主政治的帝都、主經濟金融的Ｓ市、主高科技產業的Ｇ市等等。

而ＬＶ市，便是舉世聞名的娛樂與時尚之都，這裡匯聚了全球三分之二最著名的娛樂公司，擁有最大的影視基地，在街頭巷陌總能偶遇無論是現役還是退役的世界巨星。

這是一座國際性的大都市，雖然還是以黑髮黑眸的Ｃ國人為主，不過外國人也是隨處可

見，是所有嚮往演藝圈的人的心中聖地。

隨著人口不斷增加，城市擴建了一次又一次。最終，ＬＶ市形成了城中城的特殊模式。三十三天最初只是依山而建的高級別墅區，而現在它已經成了世界上身價最貴的商圈，自成一國。出入三十三天的人非富即貴，所有居住在這裡的人，都能在網路上、電視上、娛樂報紙、財經報刊上見到他們熟悉的面容。

被兒子無視得很徹底的祁避夏，一路了無生趣，終於想起自上次發了微信心情之後，他已經很久沒有登入微信了。

以前祁避夏愛玩微博，但是後來因為幾次不動腦的發言，被阿羅殘忍的剝奪了使用權，現在他粉絲上千萬的微博帳號基本上已屬於助理小錢的，阿羅為了以防萬一，甚至連密碼都擅自改掉。

無奈之下，祁避夏只好投入了微信的懷抱，和他微信上寥寥無幾的親友們互動，但那些大忙人根本不愛搭理他！

後來，祁避夏有了兒子，決定跟兒子玩。但兒子也不搭理他，他只能寂寞的再次轉回微信。數十條微信訊息的顯示，讓祁避夏在受寵若驚之餘還小小的嚇了一跳。

不過等看了訊息內容之後，他就倒地不起了。

一週前的第一條【我兒子對我是真愛】的心情，下面的回答是——

♡**白秋（白三少）**

阿羅：呵呵。

小錢：呵呵。

白安娜：呵呵。

白言：呵呵。

裴越：呵呵。

米蘭達：你有兒子了？

第二條【兒子虐我千百遍，我待兒子如初戀】的心情，下面的回答是——

♡阿羅，小錢，白安娜，齊雲靜（白安娜的女兒），常戚戚（齊雲靜的伴侶），白夏（白二少），白言（白三少的兒子），裴越，裴安之（裴爺）

白秋：摸摸，等過了磨合期就好了。這事我有經驗。我和前妻離婚之後，也是等小言上小學了我才知道我還有個兒子存在。

米蘭達：上我節目那天把你兒子帶上吧，我把我小女兒也帶去。

米蘭達原本是世界知名的超級模特兒，後來嫁人生子，便退役轉做娛樂真人秀。她如今已經是紅透半邊天的真人秀節目《下一站超模》的主持人，那是一檔播出了十幾年、收視始終長紅的模特兒選秀節目。

在今年上半年播出的第二十五季總決賽上，米蘭達請了祁避夏這個當紅小天王來當特邀評審。同屬白齊娛樂旗下的藝人，《下一站超模》又是白氏集團下面的電視臺推出的王牌節目，祁避夏自然不會推拒米蘭達的邀請。

總決賽是加長版，總共一個半小時，分三個環節，祁避夏就是在第一環節的拍攝中和米

蘭達交談甚歡互相加了微信。

第二、三環節還沒開始，為了遷就祁避夏有世界盃主題曲的拍攝工作，特意調檔挪後了一些。

面對米蘭達的邀請，祁避夏很為難。祁謙在第三世界時，對賈斯蒂娜和ＭＶ的拍攝都表現得極其冷淡，三哥白秋也說盡量不要把工作摻雜進和兒子的相處裡，孩子枯坐在一邊，肯定會覺得無聊。

祁避夏的豪宅裡，祁謙正襟危坐在沙發上，一會兒看看外面漸晚的天色，一會兒看看同樣在家裡有點手足無措的祁避夏。

被兒子正眼看了幾次之後，祁避夏終於鼓起勇氣，滿懷期待的問：「怎麼了，謙寶？」難道兒子這是終於開竅想和爸爸好好相處了嗎？怎麼辦，突然好感動！

「你不回家嗎？」

「……這就是我家啊。」祁避夏欲哭無淚。

祁謙皺眉，他還以為祁避夏說提供給他住處是讓他單獨住呢。

祁避夏那不算特別靈活的大腦難得接通了一次祁謙的頻道，「你不會把我當初那句供你吃、供你穿、供你住的報答當真了吧？」

祁謙疑惑的看向祁避夏，「不然呢？」

「QAQ你想得真是……太對了！但是我錢不多，只有這麼一個住處，所以只能讓你和我擠擠了，你不介意吧？」祁避夏道，順便在心裡想：建築面積達九百坪、占地面積達兩千四百坪的豪宅，真的是很浪費錢的，我已經沒有錢再買ＬＶ市別處同樣天價的房子了，真的，上天一定會原諒我為了和兒子在一起而撒的小小謊的，嗯。

「哦。」祁謙很體諒，「除夕說Ｃ國房價很貴，能自己買一間房子就已經是一件很了不起的事情了，我不會嫌你窮的。」

「嫌你窮」、**「嫌你窮」**、**「嫌你窮」**……這三個大字標紅加粗，開始在祁避夏腦海裡無限循環。

等祁謙抱著泰迪熊上樓去睡覺之後，祁避夏決定了，他必須帶兒子去見見米蘭達，因為他要讓這位生了七個孩子的英雄母親對他的兒子因地制宜一下！他家其他替他出主意的親戚真是一點都不可靠！

祁避夏這個小天王在全球各地很有名，與之相對的就是他比地球上大部分的人都要忙。剛回ＬＶ市一晚，第二天祁避夏就馬不停蹄的投入到新工作裡，也就是《下一站超模》的節目錄製。

這次帶祁謙出行，祁避夏特意選擇了騷包的最新型直升機，只為了讓他兒子明白，他除了只有「一棟」房子以外，其實並不窮。

祁避夏少時的從影經歷，和現在紅遍全球的歌星職業，為他帶來了常人難以想像的潑天

財富，至今還有好幾家世界五百強企業，需要年年付給祁避夏高昂的肖像、形象使用與代言費。可以這麼說，在六歲之前，祁避夏就已經賺夠了可以供他揮霍百年的驚人財富。

以前，祁避夏還發愁過在死之前能不能把賺的錢都花完。現在，他多少看見了點希望，因為他有兒子幫他一起花了——子子孫孫無窮匱也，總有一天能夠花完！

直升機特意繞著LV市最熱鬧的地段飛了一圈，旨在讓祁謙充分感受一下這座城市的奢靡與繁華。

「都說從儉入奢易，從奢入簡難，等你兒子過慣了高床軟枕的好日子，你看他還捨得趕走你這個金主——呃，不對，是捨得捍走你這蠢爹嗎？反正你很有錢，不要說養兒子一輩子了，養十輩子都綽綽有餘，也不怕養廢了他。我老子當初要是肯用金錢和墮落的生活腐蝕我的心靈，我當年也就不至於自己出來混演藝圈了。」

這是遠在國外開個人演唱會的裴越，抽空打電話給祁避夏出的損招。

裴越是祁避夏的死黨，也是他在演藝圈內為數不多的朋友之一，同時還是他的親戚——在輩分上，裴越算是祁避夏的姪了，但裴越的年齡要比祁避夏大。

同是阿羅手上的搖錢樹，如果說祁避夏目前還屬於靠臉的偶像派，那裴越基本上就是地位無法撼動的實力長青派了。

當初祁避夏轉型出唱片，靠的也是這位大姪子在圈裡的影響力。

祁避夏和裴越在吃喝嫖賭、揮霍無度方面，很有共同的語言，可謂是惺惺相惜、志趣相投，他們很快就從基本上不認識的遠房親戚，變成了可以一起玩耍的小夥伴。

多年後的今天，小夥伴升級成了一起嫖過娼、一起分過贓的好兄弟。這次祁避夏突然多了個兒子的事，裴越就是白家第一個站出來表示支持的人。在認回兒子的這一個禮拜裡，祁避夏也在堅定不渝的貫徹著裴越給出的腐敗路線，哪怕是在招數似乎不怎麼生效的現在，他也沒有放棄。

ＬＶ市就是個銷金窟，這裡有世界各大奢侈品牌的旗艦店、全球最高級的商業街、數不清的頂級購物中心，有珠寶首飾、字畫古董、香車美酒……只有你玩不起的，沒有這裡沒有的。即便兒子目前看來沒什麼愛好，祁避夏也會努力幫他兒子發展幾個燒錢的愛好的。

祁避夏：不怕兒子不學壞，就怕他學得太好了，讓自己一點發揮的餘地都沒有。

「所謂的父子感情，不就是在兒子闖禍、老子收拾裡培養起來的嗎？等你替你兒子平了事、擦了屁股，何愁他不依賴你、不崇拜你？還是你想告訴我，你遜到連孩子的事情都擺不平？至於日後你兒子的品性問題……只要你平時稍微勒一下韁繩，不讓他涉毒、毀了自己的身體，還有什麼需要注意的嗎？」

裴越的成長背景極其特殊，導致了他這一套奇葩的三觀（注：世界觀、人生觀、價值觀）。而祁避夏從小也屬於被養歪了的那種，根本沒覺得裴越說得有什麼不對。

「你會愛上這座城市的，我的謙寶。」祁避夏透過直升機上的無線耳機，對兒子高聲說道。他俯瞰著整個ＬＶ市，可以說是激情澎湃，他當年的墮落就始於此。

祁謙抱著泰迪熊穩坐一邊，透過直升機的窗戶，表情淡淡的看著川流不息的ＬＶ市。就像他和賈斯蒂娜拍照時的模樣一樣，那可是別人曾花費千萬都沒能求到的親切合影，他也只

是輕輕的說了一句：「哦。」

對於坐慣了飛船出門的外星人祁謙來說，直升機他真心不愛坐，噪音大、耗能多，還時間長，真不知道祁避夏喜歡這種古老的交通工具什麼。便宜嗎？

阿羅倒是在心裡為祁謙的寵辱不驚小小讚嘆了一下。

遙想當年他剛接手只有十四歲卻已經比別人一輩子還要成功的祁避夏時，那可是堅持不懈的在各大酒吧、夜店連續抓了祁避夏數百次，鍥而不捨將近一年的時間，才終於把祁避夏從這個紙醉金迷的漩渦裡勉強拉了出來，讓祁避夏稍微重拾了一些對演藝工作的熱愛。

如果不是有那份親子鑑定的ＤＮＡ和雙方都過於出色的外貌在，阿羅總覺得他很難相信這樣的祁謙，會是那樣的祁避夏的兒子。

當然，阿羅現在是還不知道祁避夏和裴越私下裡的打算，等他知道了……呵呵。

直升機繞了ＬＶ市一圈後，又重返了三十三天的周邊，因為《下一站超模》的錄製現場就在那裡。

三十三天的主體是一座連綿不斷的小型山脈，直通山頂的寬闊馬路盤旋而上，明星們的各色豪宅在山間若隱若現。山腳下就是各條著名的繁華街道了，大廈高聳林立，遊客絡繹不絕。為保護山上住戶的隱私，只有山上的住戶才會被允許上山，哪怕是他們的親友來訪，也要在山下打電話得到確認，進行過登記後才能放行。

街道的另一側是一望無際的蔚藍大海，和金子一般的沙灘。

沙灘大大小小分為很多個，有對公眾開放的大型浴場，自然也有被人買下所屬權幾十年的私人海域。

這次《下一站超模》總決賽的外景地，就選擇了一處私人海灘，藍天碧水，椰樹婆娑，穿得盡可能少的超模男女被一次次打濕……雖然創意惡俗了點，但又有多少大眾不愛看這種惡俗呢？

LV市的沙灘設施十分完備，甚至包括停機坪。事實上，三十三天附近很多高消費的地方都會配置停機坪，因為像祁避夏一樣閒得蛋疼，覺得豪車已經無法滿足他們的炫耀欲望、拿直升機當日常交通工具的神經病不在少數。

到達目的地，直升機垂直降落在停機坪上，頭頂上方則還有另外兩架一路保駕護航的直升機，繼續著空中的警備。

停機坪的四周早已經等了好幾輛一模一樣的私家車，車上坐滿了祁避夏的保鏢，和為他服務的工作人員。私家車旁邊還有幾個拍攝團隊，那都是《下一站超模》的劇組人員，從祁避夏的直升機出現在沙灘上空的那一刻起，就已經進入了拍攝環節，在後期會選擇幾組合適的鏡頭放入節目裡播出。

螺旋槳停止轉動後，兩個保鏢上前，合力拉開了直升機的艙門，保鏢A和助理小錢先下了直升機，去和地面上的另外三個助理會合。之後，就是在直升機裡已經被稍微整理了一下髮型的祁避夏，在劇組三臺攝影機的全方位拍攝下，霸氣的跳下了直升機，堅持沒讓旁邊的保鏢扶。

這個倒不是祁避夏在顧慮自己的公眾形象，他只是想讓兒子看到他帥氣的表現。

可惜，祁謙根本沒在意祁避夏的下機姿勢帥不帥，他只關心難道他下飛機的時候又要被人抱下去嗎？在家裡上直升機的時候，被祁避夏突然抱上去就已經讓他覺得很丟臉了。

阿羅看出了祁謙的抗拒，趕忙道：「外面有攝影機，這是避夏的工作。」

然後，祁謙就無比乖順的抱著泰迪熊，讓祁避夏把他抱了下去，在祁避夏懷裡的時候他也沒急著下地，一直老實的坐在祁避夏的手臂上，遠遠看去，就像是個大型的ＳＤ娃娃。

祁避夏抱著難得乖巧的孩子，心裡別提有多蕩漾了。

「咳，形象。」緊隨其後下來的阿羅假意推眼鏡，在祁避夏的耳朵邊小聲提醒道。

祁避夏理智回籠，再次端起了對外的高冷模樣，和他面無表情的兒子保持了高度一致。鏡頭裡，祁避夏抱著祁謙，祁謙抱著泰迪熊，兩人穿著同款式的親子裝，十分引人注目。

親自負責前來接待祁避夏的導演和主持人米蘭達，對此喜聞樂見，覺得這場景一看就很有話題。

但難點是……

「介意你兒子上鏡頭嗎？」身材火辣、衣著時尚的米蘭達上前詢問。

和祁避夏的直升機出場方式一樣，祁避夏快六歲的兒子祁謙也屬於不在劇組的企劃裡，但又意外很適合出現在節目鏡頭裡。

「謙寶想上鏡頭嗎？」祁避夏低聲溫柔的問兒子，一臉兒奴樣。

祁謙拿黑葡萄似的眼睛看了看祁避夏。他喜歡認真的人，如果是面對鏡頭十分認真的祁避夏，他不介意幫他。於是祁謙小幅度的點了點頭，他一手拿著泰迪熊，另一手主動的向前抱了抱米蘭達。

鏡頭裡不會出現他們談話的內容，所以遠遠的拍攝下來，當時的情況看上去基本上就是主持人米蘭達上前打招呼，然後大帥哥祁避夏的兒子小帥哥祁謙，就主動給了主持人一個甜甜的擁抱。

阿羅默默的在心裡為祁謙的配合按了三十二個讚，這孩子果然是祁避夏的種，天生的鏡頭感。

因為祁避夏在L市購物中心鬧出的動靜，關於二十歲的小天王祁避夏有個五歲大、快六歲的私生子的消息，這一個星期裡在網路上已經被傳得沸沸揚揚，只是言論一直都在白齊娛樂的可控範圍內，所以官方遲遲沒給出個準確的結論。

白齊娛樂不是在刻意模糊祁避夏有個兒子的事實，而是在安排一個讓人眼前一亮的出場方式。

這是祁避夏的堅持。

在祁避夏看來，反正他的名聲已經爛到不能再爛了，大眾對於他做出任何出格的事情也都不會特別的大驚小怪，哪怕是他未婚生子喜當爹，並且是在很小的時候就已經有了兒子。但是，他兒子不一樣，祁謙還年幼，是那麼的稚嫩，他值得最好的一切。

祁避夏想要給祁謙最好的一切！

對於祁謙主動擁抱了米蘭達的這件事，祁避夏其實是十分吃味的。從他認回兒子一直到

現在，他兒子不說主動抱他一下了，連笑臉都沒有。結果今天一遇到米蘭達，就又是抱又是笑的，簡直有異性沒人性。

——不愧是我兒砸！\\(≥▽≤)//

「你該知足了，再說下去就是過分的炫耀了。哪怕我和你兒子接觸不多，也能看出來他不太喜歡與人親近，但為了配合你的工作，他能主動在鏡頭前跟我打招呼，這麼體貼又有演藝天賦，還不夠你偷笑？我女兒將來要是有你兒子的一半我就滿意了。」

米蘭達狀似抱怨，其實是小小的捧了一把祁避夏和祁謙。她能從超模混到主持界一姐，靠的可不是她胸前那二兩肉。

祁避夏也知道米蘭達的意思，但互相吹捧嘛，人之常情，只要米蘭達沒有害他的心，他還是很樂意接招的，畢竟米蘭達的話真的搔到了癢處，讓他喜不自禁。

《下一站超模》總決賽的第一環節是在晚上舉行的T臺秀，不過娛樂節目的T臺秀，自然與傳統時裝週的不太一樣。超模們會先從直升機上亮相，之後軟梯緩緩下落，將他們送到T臺上，他們沿著海岸線婀娜的走一段，最終會像小美人魚的結局一樣融入大海。

時尚圈的人總是有一些奇奇怪怪的點子，求的就是與眾不同，讓人眼前一亮。至於可操作性……這就要看天意了。

總決賽剩下的三強選手，已經為此練習了差不多有一星期，今天白天是最後的彩排。

祁避夏在第二環節需要露臉的部分，基本上就是當個引子，替三強選手介紹他們在T臺秀上即將面臨的嚴峻「考驗」。當然，由於祁避夏的行程安排，已經練習了一個星期的超模們需要臨時假裝他們現在才知道這個消息。

在節目播出去的時候，會先播放祁避夏的這段介紹，然後再穿插選手們前一星期的辛苦練習。

能從千萬人的海選中留到最後的三強選手，可謂各個都是演技派，這段拍得極其順利。然後，祁避夏功成身退，和主持人米蘭達並排躺在太陽傘下，一邊喝著椰汁享受海風，一邊交流育兒經。

「老前輩，教我一招吧，怎麼能讓我快速和兒子熟絡起來？」

「想要經驗？行啊，求我。」米蘭達十分女王的一撩金色的長髮，眼神睥睨。

——不知道女人的禁忌詞是老嗎？！哪怕是頂頭上司的弟弟敢說我老也要死！不過說真的，作為生了七個孩子的英雄母親，米蘭達真的已經年輕不到哪裡去了。

「求妳！」祁避夏特別果斷。

「……」真是一點該有的快感都沒有呢，「你這也太沒節操了。」

「為了兒子，我還要什麼節操？」祁避夏聳肩。

米蘭達用手比了個「給跪了」的手勢，「服了。說回正題，我看你兒子挺好的啊，乖巧又聽話，你和他會有什麼問題？」

問題大了！好比……

「他根本不接受我的示好。」

祁避夏一直記得，那天他特意求了最嚴肅恐怖的大哥白冬，讓L市購物中心臨時關門休息一天，就為了讓他帶著兒子去單獨購物。面對各式各樣琳瑯滿目的奢侈品，他是這麼對他兒子說的——

「去拿你想要的吧，什麼都行，多少都可以，哪怕你把購物中心搬空，爸爸也會幫你付帳。」

祁避夏從來沒有帶過孩子，他只能以己度人，按照自己小時候的喜好來，用最大的排場安排最好的一切。

但他兒子卻是這麼回答的——

「哦。」

然後，就沒有然後了。

祁謙一樣都沒拿，不是他不敢，也不是為了省錢什麼的，祁謙用一句「不需要」就堵住了祁避夏全部的臺詞。

祁避夏默默心想：兒子真是謎一樣的存在啊！

「……你這是在泡妞？還是在養兒子？！」

聽完祁避夏轉述，米蘭達哭笑不得。她本來以為祁避夏的問題頂多和她當球星的丈夫相似，初為人父，太過小心翼翼而不知道該怎麼面對孩子這種柔軟的生物。結果，祁避夏比她丈夫錯得可離譜多了。

祁避夏對此卻渾然不覺，還埋所當然的說：「我沒養過兒子，只追過情人，裴越告訴我養兒子就和養情人差不多，不是有句什麼『兒子就是爸爸上輩子的情人』嘛！」
「是女兒，女兒是爸爸上輩子的情人！」
「都一樣啦。」祁避夏訕訕一笑。
「根本不一樣好嗎？！」米蘭達已經徹底忘記眼前的青年是她老闆的弟弟了，只想從一個母親的角度狠狠的教育對方，「怪不得你和你兒子一直沒什麼進展呢，要是這樣還能有進展，我就該叫你祖宗了。孩子需要的是關心和愛！愛！你懂嗎？！」
「懂啊，所以我買了兩屋子的玩具、一屋子的衣服給我兒子，還有ＢＭＷ新推出的兒童模型車，其逼真程度與他們家生產的真車無異，甚至比真車都貴。對了，我還替他辦了一張沒有限額的信用卡副卡。這還不夠表達我對他的愛嗎？」祁避夏詫異極了，他覺得他對兒子簡直已經愛到極點了好嗎？
——我的就是我兒子的，我兒子的還是我兒子的！
「……跟你這種『壕』，就是沒辦法當朋友！好歹你小時候也演了不少親情戲，你背過的臺詞這些年都還給編劇了嗎？你《孤兒》那部戲裡『金錢買不到親情』的臺詞，感動了多少觀眾？其中也包括年少無知的我，你知道嗎？」
「我也不只是買東西啊！我還每天都會對我兒子說爸爸愛你、爸爸喜歡你、爸爸覺得你最棒了！」祁避夏垂死掙扎。
「那關心呢？不是嘴上說說就完了的那種關心。而是你為你兒子親自做過什麼？你是幫他穿過衣服？還是半夜起來幫他熱過牛奶？又或者陪他一起畫畫？」這些都是米蘭達和她那

個每天都要忙著訓練、比賽的球星丈夫雷打不動的親子活動。

但祁避夏的回答很認真：「米蘭達，honey，這個世界上有一種職業叫女僕、保姆，她們存在的意義就是做這些事，妳不能剝奪她們的就業市場。」

「……我真替你兒子覺得悲哀。」米蘭達看了看不遠處正和她女兒深情對望的祁謙。米蘭達連生六個兒子之後，終於在去年年底生了她的七公主，圓了自己的女兒夢。目前她正處在替自己女兒尋找「青梅竹馬」的階段。本來米蘭達是很看好祁避夏的兒子，如果祁謙只有她當初以為的一歲大的話。

「我真的關心他。」祁避夏也順著米蘭達的目光看到了自家兒子，仍是一副面無表情、目如深潭，彷彿游離於世界之外。

「我知道你關心他，要不然你也不會拉下臉來跟我討論這個。只是你的關心讓我知道並沒有用，重點是你要讓他知道。投其所好，懂？不是你覺得什麼好，就給他什麼，而是你先去問他喜歡什麼，然後再給他。」米蘭達也替祁避夏感到著急，養兒子可不是一件容易的事情，特別是孩子都曉事了的年紀才找到的情況，能不敵視祁避夏都已經是萬幸了。

祁避夏最終做出了一個艱難的決定，他對米蘭達緩緩道：「謙寶有自閉症。」

祁避夏很不想把這件事情透露給米蘭達知道，又或者說給任何人聽。不是祁避夏覺得兒子有病丟人，而是他不想別人用有色眼光去看他的兒子。有學問的說法是自閉症，講難聽點不就是神經病嗎？祁避夏怎麼能受得了他兒子被人那麼想？

但米蘭達一席發自真心的話，最終打動了祁避夏，他願意賭一把。他相信，同樣都是家長，米蘭達不會藉此來傷害祁謙的。

「什麼？」米蘭達小聲的驚呼了一聲，然後趕忙捂嘴，不讓更多的人注意到這邊。

×月○日　第三篇日記

把兒子當情人養

不遠處，被地球心理醫生診斷為患有自閉症的祁謙，正抱著泰迪熊，目不轉睛的看著眼前名叫「賽文」的小女嬰。那雙中外混血的大眼睛，就像是洗過一般的清澈透明，祁謙很喜歡。他不僅喜歡，還想摸摸她，但是又怕惹哭小孩子，結果只能和賽文大眼瞪小眼，一會兒一起歪頭，一會兒又一起整齊劃一的把頭正回來。

兩個萌物動作整齊的場景，不一會兒就招來了圍觀者，其中還包括幾個剛剛結束彩排、正在休息的選手。

真正比賽的是前三強，但節目在最後一集還邀請了前面幾集被淘汰掉的選手，分為不同的支持組，來為三強選手當應援，順便分組競爭，增加節目的可看性。

節目主要拍的還是三強選手，剩下的選手要麼渾水摸魚，要麼想辦法為自己增加爆點。

來逗祁謙和賽文玩的模特兒可歌，正是後者。

可歌是超模比賽的第四名，以一分之差惜敗，沒能進入總決賽。但看了節目支持她的粉絲還是不少的，皆因她甜美可愛、一派天真的形象。但她要是真的不諳世事，她也就不會特意湊到祁謙面前來刷存在感了。

可歌覺得米蘭達和祁避夏會帶孩子出現，肯定是希望能讓孩子多多上鏡頭，而如果她和孩子一起玩，不僅能博得曝光的機會，還能被說是對孩子有愛心，簡直太划算了。

但可惜的是，可歌坐過來這麼久了，兩個孩子依舊不為所動，小的那個還不懂得看人，大的這個懶得理她。

這讓被捧慣了的可歌，心裡有些不太舒服：這些明星的熊孩子架子可真大，有什麼了不

起！早晚有天讓你們後悔！

想是這麼想，但臉上還要端著微笑，她積極尋找著突破口。

祁謙懷裡一直死死抱著的泰迪熊，正是可歌的突破點。她自己就是個泰迪熊的忠實骨灰粉，家裡甚至有泰迪熊誕生兩百週年的紀念款，當初花的錢讓她心疼了很久，不過現在嘛，總算是物有所值、有了用處。

「這是你的泰迪熊嗎？是哪一年的款式？姐姐家裡有兩百週年紀念版的喲～穿著黑紅唐裝，超級cute的～」可歌嗲聲嗲氣的想要用泰迪熊混入小朋友的世界。

但祁謙之所以會一直抱著泰迪熊，不是因為他有多喜歡，而是因為這是他的私人飛船……的擬態，飛船的駕駛艙裡躺著的是在光腦嚴格監控下，進行身體改造的除夕。

祁謙當年能安全迫降地球，靠的不只是他強於一般地球人的身體，還有他的私人飛船。他本人沒事，但飛船卻在經過大氣層的摩擦生火後，燒得只剩下了駕駛艙。幸而駕駛艙的基本功能都還在，好比擬形，最小可擬態成長、寬、高都是十公分左右的物體，因此擬態成祁謙手上一直抱著的泰迪熊也沒問題。

而祁謙的駕駛艙還有另外一個功能，就是充當治療艙。

祁避夏被綁架的那晚，祁避夏和除夕都受了很重的傷。出於私心，祁謙把他僅有的四條尾巴中能量最弱的一條用在了祁避夏身上，最強的一條給了除夕。

結果正是因為祁謙的這個私心，祁避夏復原了，除夕卻反而虛不受補……

祁謙的光腦提出了一個補救的解決辦法，就是把沉睡的除夕裝入駕駛艙，對除夕進行身體改造，當除夕醒來的那天，除夕會成為擁有一尾的α星人。

怕改造過程出錯，祁謙還把他從出生起就安裝在自己腦袋裡的光腦植入了除夕的身體。這也就是造成了祁謙在遇到祁避夏之前孤身一人的狀態——沒有小夥伴，沒有光腦，也沒有飛船。泰迪熊就是祁謙全部的家當，是他的一切、他的生命，是他絕對不會讓任何人碰的禁區！所以在L市時小胖子想動祁謙的泰迪熊，祁謙的反應才會那麼大。

如今，面對似乎也在窺覬泰迪熊的可歌，祁謙的警戒值一下子就拉到了頂點。祁謙敵視的看著可歌，就像是一隻護食的貓科動物，渾身的毛都豎了起來，隱形的那條僅剩的尾巴也已經準備就緒，隨時可以抽人！

可歌被祁謙的表情嚇了一跳，不知道自己哪句話不對惹到了對方，只一心想著要趕快扳回一城，於是近似於搶奪的想要拿過泰迪熊，好仔細看看到底是哪一年的款式，然後收穫小孩子崇拜的目光。

這個世界上有句話叫：No zuo no die why you cry, you try you die don´t ask why.

意思是：自作孽不可活。

於是，當祁避夏和米蘭達聽到動靜趕過來的時候，祁謙正面無表情的抱著泰迪熊，繼續逗弄著一無所知的賽文妹妹；而超模比賽第四名的可歌已經在沙灘上滾了好幾個圈，弄得滿身都是黃色的沙子，額頭上還有一條被抽出來的紅印，都出血了。

她神色怔怔，一臉的不可置信。

「怎麼了？」祁避夏過來之後第一件事情就是觀察他兒子有沒有事，也沒問真相如何，張口便是：「誰欺負你了？竟然跟個孩子過不去，爸爸一定不會放過他，不管他是誰！」

此時萬能的經紀人阿羅並不在，他早上只是送祁避夏父子過來，送完就要趕回白齊娛樂的總部處理各種繁瑣的雜事。

米蘭達看了眼一上來就懂得給別人扣帽子的祁避夏，心想著他平時的蠢萌不會是裝出來的吧？

不過演藝圈嘛，米蘭達只要保證自己的利益就好，管他祁避夏是裝蠢還是真蠢，她只知道他是她老闆的弟弟，而且是她老闆很喜愛的弟弟。

米蘭達旗幟鮮明的站在了祁避夏這邊，看似中立，實則偏向性很強的對跟著祁謙的助理小錢，還有照顧她女兒的保姆問道：「你們剛剛誰看見發生了什麼事嗎？」

保姆首先開口：「我一直注意著小姐，沒怎麼看到發生了什麼事情，只知道那位年輕小姐……」保姆指了指不遠處的可歌，「她自己突然摔了出去，嚇壞了小姐，還是祁謙少爺哄住了小姐。」

然後是小錢回答：「那位可歌小姐一開始想跟阿謙裝熟，但阿謙因為家教的緣故，根本不和陌生人搭話。後來也不知道她怎麼自說自話的，就想上前拿阿謙的玩具熊。大概是動作太猛，她沒拿到熊，反而撞到了桌角，然後就滾了出去。」

「你們胡說！明明是他打了我！」終於恢復神智走過來的可歌立刻不爽了，指著祁謙的鼻子罵道：「是這個小兔崽子看不起人，又小氣吧啦的不讓我碰他的熊，然後打了我！」

「那妳為什麼一定要碰謙寶的熊呢？」祁避夏表示他就不明白了，這不是討打嗎？

祁避夏是見過L市購物中心那場矛盾的，他很清楚祁謙對他懷裡的泰迪熊的重視，一直寸步不離，哪怕是洗澡的時候都沒放下。連祁避夏都不敢去碰，他可真是佩服這位可歌小姐的膽量。

「我、我……我是看那個熊很可愛……我很喜歡泰迪熊，收集了很多……我只是想告訴他，他的熊是哪年的款式……」可歌已經有點語無倫次了。

「我兒子問妳了嗎？」祁避夏反問。

「我沒問。」祁謙很懂得插話的精髓，「我也沒碰阿姨。」

祁謙確實沒碰可歌，因為他根本不需要，他只是抽了可歌一尾巴而已。這是警告，如果可歌第二次試圖碰他的熊，他就真的要下死手了。

可歌的事情，最終以可歌被趕出片場落幕。雖然她始終堅持是祁謙打了她，但旁邊的攝影機也不是裝飾用的，這是真人秀節目，攝影機隨處都是，分別負責拍攝不同的人。祁謙這邊也在鏡頭範圍內，要不然可歌也不會湊過來。

結果攝影機一重播，鏡頭裡面清清楚楚的顯示祁謙連碰都沒碰到過可歌。這還有什麼好說的呢？

「需要我把她的鏡頭都剪掉嗎？」米蘭達跟祁避夏商量。

「不用，我還想請妳幫個忙，務必把這段放上去。」祁避夏是絕對不會放過可歌的。從一開始他便不斷壓抑著想要打人的衝動，但他告訴自己，誰動手誰理虧，為的就是把他兒子

塑造成一個受害者的形象。

別人可能不知道，但祁避夏是知道祁謙是很有那麼點怪力氣的，可他不管真相是什麼，反正欺負了他兒子就不行！現在攝影機也證明了他兒子沒碰到可歌，那就更不用怕了。

祁避夏別的經驗沒有，但應對負面報導卻可以說是個行家。他說：「所謂模特兒，不只是需要身材好、穿得漂亮，還要能夠為青少年樹立人品的榜樣，不是嗎？妳最近不也一直在提倡健康模特兒的概念嘛？正好，反面素材來了。」

米蘭達了然的點點頭。可歌前面的比賽已經播出去了，該有的粉絲都有了，剪掉她的鏡頭倒不如照實播出，幫她「紅」遍全球。

米蘭達不知道祁謙的事情，她是真覺得可歌想藉著這件事情紅一把，好比被星二代欺負的可憐新人什麼的。畢竟祁避夏的名聲在外，他那麼壞，他兒子也不見得好，這是很多人都會有的想法。

不過，米蘭達卻在心裡冷笑，這個可歌也是個不長腦子的，祁避夏的兒子才六歲不到，能把她一個二十好幾的人推多遠？連炒作都不會炒，沒救了。

「你放心，這事我一定處理好。」

米蘭達對外的名義是節目主持人，但其實她本身是參與了整個節目的企劃和投資，雖然只是一小部分，不過白氏已經放權給她，整個節目如何播出、怎麼剪輯，甚至是選手誰走誰留，米蘭達手上都握有決策權，連導演的地位都不如她大。

事情鬧完了，節目拍攝繼續，他們已經拖了這麼久，時間緊迫，根本不可能為了某個人而停下。

米蘭達倒是安慰了一下祁謙，她對祁謙印象很好，有攝影機作證，這孩子完全就是無辜被牽連。出事後，祁謙還能想著首先安慰受到驚嚇的妹妹，這讓身為母親的米蘭達怎麼可能不感動？再加上一開始祁避夏說祁謙因為在孤兒院而得了自閉症，米蘭達更是母愛爆棚。

米蘭達把自己備用的平板電腦拿了出來，手把手的教祁謙如何上網看動畫，「你一個人在這邊陪妹妹玩肯定很沒意思，先拿這個打發一下時間吧，喜歡嗎？」

祁謙是知道平板電腦的，從電視機的廣告裡得知。

除夕以前一直很想擁有一個，所以在祁避夏給了祁謙那兩屋子的玩具後，祁謙其實有拿出平板電腦來玩。但祁避夏是直接將平板電腦給祁謙，沒有附贈任何操作說明，祁謙對著平板電腦說了很久的話，也沒見它亮起來，後來好不容易找到了開機鍵，才明白地球到底有多落後，很多東西都跟電視一樣是需要按鍵的，不是α星系的全語言聲控操作。結果等開機之後……祁謙依舊不會使用。

不只是低科技星球的人玩不轉高科技，高科技星球的人同樣玩不轉幾百年前的老古董。

當米蘭達簡單的教了祁謙一些操作之後，祁謙就觸類旁通，很快上手了。祁謙終於找到了除夕以前說的那些動畫，他已經受夠了每天都遷就祁避夏，一起看什麼傻到要死的《神神雞與永遠抓不到雞的灰狐狸》，這品味真讓人無法苟同。

祁避夏那邊還在哀怨：「我也買了平板電腦給我兒子啊，可是他根本沒動過。」

「你教他怎麼用了嗎？」米蘭達直擊真相，「他以前待在第三世界的孤兒院，怎麼可能

接觸到這些東西？」

祁避夏後知後覺的發現他好像真的沒教過兒子，於是他機智的轉移了話題：「妳怎麼讓他看動畫？謙寶不喜歡看動畫，還不如教他玩遊戲呢。」

米蘭達對於祁避夏不會養兒子的事情有了充分的認知，她根本不信祁避夏的話，只問他：「你平時給祁謙看什麼動畫？」

「《神神雞與永遠都抓不到雞的灰狐狸》！」祁避夏特別驕傲，這可是他上網之後查到的蟬聯C國最受兒童歡迎排行榜多年的經典動畫。

「……你智商多少？」

「嗯？」祁避夏一愣，「和普通人一樣吧。」

「你兒子智商多少？」

「一五〇以上！」祁避夏已經為這事在微信上炫耀了很久——我兒子智商高到沒朋友。

「你愛看《神神雞與永遠都抓不到雞的灰狐狸》嗎？」

祁避夏一臉嫌棄道：「那太幼稚了。」

「連普通人智商的你都不愛看的東西，你覺得你高智商的兒子會喜歡？！」

「……」

祁避夏心裡有點難受，因為他這時才意識到，兒子不愛搭理他的原因不是兒子自閉，是他養兒子的方式永遠不對。

不對的方式沒有最多，只有更多。

「你一次都沒帶你兒子去吃過M記、漢堡王國、披薩客之類的地方？」米蘭達看祁避夏的眼神就像是在看外星人。

「我母親告訴過我，這個世界上有三種公共的東西絕對不能碰。一，公共廁所；二，公共速食餐廳；三，公共的女人（妓女）。當然，最後一種被我破了，但前兩種我還是很堅持的。那些地方永遠都不知道會有什麼細菌存在，我怎麼放心我兒子去？放著家裡會做各國菜的廚子和高級餐廳不吃，非要去速食店找虐嗎？」

祁避夏雖然各種不可靠，但畢竟出身世家，平時看著是個傻蛋，在關鍵時刻卻總能讓人明白他其實是個世家出品的……傻蛋。

出身貧民窟，當年口袋裡裝著一百塊就敢隻身來LV市闖蕩的米蘭達表示，她這輩子大概都不會理解這些一出生就站在金字塔頂端的人在想什麼了，「對不起，我忘了你一出生就是個萬惡的有錢人呢。」

祁避夏當年就算不混演藝圈，現在也會很有錢，來自他父母的遺產。

「妳自己現在也是個萬惡的有錢人了，OK？」

米蘭達自覺的跳過這個話題，繼續道：「全世界有多少人在吃速食？你有聽過幾例死在速食餐廳的事情？需要我跟你重複多少遍你才能意識到，你兒子和你不！一！樣！他以前長在孤兒院，而不是像你一樣含著金湯匙出生。相信我，你讓他吃幾萬塊的藥膳，還不如帶他去吃幾十塊的速食，他會愛上那裡的。如果你以前真的從來沒吃過，那我建議你也試試。」

米蘭達莫名的開始有點同情這些每天只吃產自自家海外牧場的蔬菜水果以及牛羊肉的世

家子弟了。

「準確的說是鑽石，不是金了，我至今還保留著那個專門打磨成湯匙形狀的鑽石。」祁避夏小小的糾正一下米蘭達的話。他父母以前總聽別人說世家子弟都是含著金湯匙長大的，於是乾脆就在他出生前為他準備了個鑽石湯匙。

「= =」好吧，米蘭達想著，她對祁避夏真的一點都同情不起來了，他活該！

「不過，我會帶謙寶去嘗試一下的！妳說的那個速食餐廳，也許氣氛比食物本身更來得重要。」

——你還是沒懂我的意思啊蠢蛋！在養兒子之前，你要不要先去選修一下如何當一個正常人？！

心裡是這麼想的，表面上米蘭達說的卻是：「你還可以選擇多陪你兒子玩一會兒，好比教他開玩具車，和他一起玩玩具，又或者告訴他怎麼用你給他的副卡在現實社會以及網路上購物。相信我，這會極大的促進你們父子之間的感情。」

「重點不在於東西，而在於陪伴的過程嗎？我覺得接下來一段日子我會和我兒子過得很充實。」祁避夏自以為自己得到了真相。

米蘭達表示好憂傷：算了，你說什麼就是什麼吧。

晚上《下一站超模》的T臺秀很成功，被邀請來的知名人士都或真或假的表達了對這次創意的欣賞；三強選手也很賣力，表現令人驚豔，沒有出太大的差錯，事實上也就只有其中一個妖裡妖氣的男選手在下軟梯的時候稍微扭了一下，但總體還是很棒的。

在大家都以為今晚就這樣落幕的時候，沒人知道祁避夏在第二環節其實還有一個隱藏任務，就是去後臺給選手們一個驚喜，看看他們在勞累一天之後的表現。

祁避夏帶著攝影師，站在後臺選手休息室的外面，正準備推門，想著看能不能拍到什麼好「料」。然後，就聽到裡面一道尖細的男聲傳來——

「這位『陛下』可真是名不虛傳。」

祁避夏因為名字的諧音，一直被粉絲們暱稱為「陛下」；當然，因為祁避夏層出不窮的負面報導，還有一部分人會用「陛下」來反諷。

聽到休息室裡頭有人說自己，祁避夏抬手示意身後的拍攝人員停下了進門的動作，一起屏息凝神聽了下去。

「怎麼了？」其中一道女聲加入。

「妳們沒注意到嗎？可歌被趕走了。」尖細的男聲繼續說道。

他叫佩珀爾，是三強裡碩果僅存的男人，一個娘GAY。他繼承了大部分人對娘GAY的糟糕印象——不男不女的行為、過於戲劇化的情緒、以及熱愛搬弄是非的口舌。可歌是佩珀爾的應援者之一，而這次佩珀爾又是唯一一個在T臺上扭了腳的人，情緒低落的他急需一個宣洩方式，於是祁避夏就躺槍了。

「為什麼啊？」第三道聲音加入。

「還不是因為那位陛下霸道！可歌太傻了，不會說話，惹了小殿下不高興，陛下能放過她嗎？妳們好好感受一下。要不是可歌後來發簡訊給我，我也不會知道。」

「小殿下？」

「陛下的那個私生子啊，妳們不知道嗎？網路上傳得到處都是。就是今天一直和米蘭達的女兒待在一起、抱著泰迪熊的小男孩。和他爸一樣蠻橫霸道，又得理不饒人。什麼三〇年代最有演技的童星，我看根本就是砸錢買的口碑吧？你們看看陛下後來長大拍的戲，天吶，演技爛得讓人不忍直視好嗎？小時了了大未必佳，我倒是要看看他們父子能橫到幾時！」

「你就這樣讓他們說你？」祁謙不知道從什麼地方鑽了出來，一雙幽深的大眼睛直勾勾的看著祁避夏。

祁避夏一愣，然後快速低下了頭，用碎髮遮擋住眼睛，用自嘲的語氣回答：「我轉型失敗是真的，又怎麼不能讓人說了？我被說得還少嗎？傷仲永、江郎才盡，早已失去了靈氣……我怎麼不知道我還有靈氣？我是不是該去試試修仙飛昇？」

「這不像你。」

說完，祁謙就沒再跟祁避夏廢話，直接推開了門，氣勢驚人的走了進去。

整個休息室的聲音戛然而止，大家都很尷尬，特別是負責攝影的團隊，這到底該不該繼續拍下去？發薪水給他們的BOSS可是祁避夏的大哥白冬呢！

祁謙徑直走到了佩珀爾面前，像是看死物一樣看著眼前不男不女的模特兒。

祁謙並不是真的自閉，只是別人以為他自閉，他還是能分得清好壞的，好比當祁避夏今天上午在海灘不分對錯站在他這邊之後，他也會投桃報李，不許別人欺負祁避夏。

「背後說人壞話算什麼本事，有種就當面說！繼續啊，怎麼不說了？！」

這話祁謙是跟除夕學的，當年祁謙剛去孤兒院，因為他沉默寡言不愛與人接觸的性格，背後說他是個傻子的大有人在。祁謙根本不理解那就是霸凌，只有除夕像個一點就爆的炮仗似的替祁謙打抱不平：「反正說祁謙就是不行，不服我就把你們打到服為止！」

祁謙正準備繼續學除夕說話，卻被攬上他肩膀的祁避夏接去了話頭：「我兒子一點都不能讓別人說我的不好，你們別介意，介意了也沒用，有什麼想說的就說，對我影響又不大，別把你們憋出病來。」

雖然一口一個「你們」，但祁避夏的眼睛卻是死盯著佩珀爾。

祁避夏和一般傳統的C國家長不一樣。不管好壞上來就先說自己兒子不好，這在祁避夏看來是極其傻的，為什麼要為了照顧別人的情緒而傷害自己最親近的人？

「得理不饒人怎麼了？你那位叫可歌的朋友欺負了我兒子，還不許我這個當爸爸的替我兒子報復一下？我今天就把話撂這了，既然你們要繼續，那這事就沒完！」

祁避夏之所以有那麼多負面報導，和他半點都受不得委屈的性格是分不開的。他為他的這張大嘴巴付出了慘重的代價，已經開始學會了收斂，但事關他兒子，他又忍不住了。

說完，祁避夏就帶著祁謙揚長而去，留下休息室裡的選手們面面相覷。

佩珀爾的臉色一陣青、一陣白的，心神恍惚，有點不知道該如何面對，而另外二強表面

安慰，心裡卻在沾沾自喜，看來自己離冠軍又更進了一步。

在回去的直升機上，祁避夏與祁謙一起看著LV市霓虹燈閃爍的夜景。

祁避夏問祁謙：「爸爸是不是很沒用？愛炫耀，又性格爛……」

「嗯。」祁謙毫不客氣的點點頭，「除夕跟我說，隱忍的感覺很糟糕，但想要活下去，就必須這麼做，因為這個世界就是這麼混蛋，死的往往是學不會在現實面前低頭的人。」

祁避夏輕笑了兩聲，然後低喃道：「但就是學不會啊，怎麼辦？」

說完，祁避夏就猛地站了起來，拉開了直升機大門，半個身子都快探出了機外，對下面的夜空比著中指高聲大喊：「I'm the king of the world! Fuck the world!」

祁避夏的聲音其實全部都掩蓋在了直升機震耳欲聾的轟鳴聲中，但祁避夏的雙眼卻明亮如火，閃得嚇人。

「你瘋了嗎？」祁避夏的動作嚇壞了助理小錢等一群陪同人員。

不瘋魔，怎成活？

祁謙直接付諸行動，一伸手就將祁避夏扯了回來，讓他狠狠的跌坐在自己身旁，力氣之大，讓人甚至會擔心祁避夏的腰是不是折斷了。

祁謙眼神凶狠的看著祁避夏，一字一頓的說：「你的命是我救的，你再糟蹋一下試試？」

其實祁謙更想說：你的命是除夕搏來的，你要是敢糟蹋除夕的一片心意，我就讓你生不如死！

祁避夏怔怔的眨了眨眼睛，等他反應過來之後，他就不顧祁謙的反抗，將祁謙硬是摟在了懷裡，笑得肩膀都在顫抖。

祁謙本來是打算立刻推開祁避夏這個神經病的，但最後卻沒有真的那麼做，因為他感覺他的肩膀好像濕了。祁避夏透過無線電在他耳邊輕喃：「爸爸跟你保證今後再也不會了，原諒我一次，好不好？你還這麼小，要是我死了，你可怎麼辦呢？」

類似的話祁謙也聽除夕對他說過：「要是我死了，你該怎麼辦呢？所以放心吧，我絕對不會去做危險的事情的。」

祁謙第一次主動抱住了祁避夏，還是那一句輕輕的：「哦。」

直升機沒回祁避夏位於三十三天的豪宅，而是去了三十三天外第三大街最大的M記。當然，由於M記沒有停機坪，他們不得不停靠在離M記最近的大廈頂端。負責接待的大廈經理在祁避夏拿出他的白卡直接刷給大廈一筆讓所有人都滿意的金額之後，表示對停機事宜全無異議。

在此期間，祁避夏順便為兒子祁謙介紹了一下白卡的用途和意義，充分貫徹米蘭達的育兒指導，不放過任何一個能和兒子交流互動的機會。

「這個叫『白卡』，是由中央銀行和世家聯盟共同在一百年前推出的信用卡，全國範圍

內只有不到百分之一的人能擁有它，全球範圍內更少，是一種身分地位的象徵。白卡不接受申請，只能邀請。這卡是沒有信用額度的，意思就是說，哪怕你想用白卡刷一架飛機都沒問題。你現在有我白卡的副卡，也是不設上限的。等你成年之後，你會得到一張屬於你自己的白卡。」

如果不是因為祁謙現在的年齡實在是太小，在他入籍祁避夏家的時候，就會擁有一張和他公民身分證相連的白卡，除了他，沒人能夠領走那張卡裡的錢。

當然，他現在有了祁避夏的副卡，性質也沒差。

祁謙拿著祁避夏遞給他的灰白色副卡，仔細打量，在L市時他就得到了這張卡，可當時根本不知道這張卡的意義，所以直接還給了祁避夏。直到今天祁謙才意識到——

「原來這卡也是地球的流通貨幣。」

「流通貨幣俗稱錢。」

祁避夏表示：兒子會運用的語言好高端，直接說錢好嗎？QAQ爸爸怕以後跟不上你酷炫的思維啊！

「我能拿它買東西？」祁謙向祁避夏確認道。

「任何東西。」

「哦。」

祁謙再一次用他特殊的「朕已閱」的表達方式結束了這場對話，不過從他把副卡放入他泰迪熊裡頭就能知道，他其實是很重視這張卡的。

祁謙的駕駛艙很大，除了治療除夕以外，還能當一個不錯的儲物空間。

祁避夏看著祁謙一連串的動作，心裡默默表示：萬萬沒想到泰迪熊不是兒子的玩具，而是背包嗎？怪不得不讓人碰。

「現在，朝著M記出發吧！」祁避夏看到了和兒子交流的希望，信心大增。

「真的要去？」助理小錢上前攔住了祁避夏，言下之意是：你他媽的在跟我開玩笑嗎？你也不想想你是什麼身分，三十三天外最大的M記又有多少人，這是想找死嗎？

「要不然你以為呢？」祁避夏還是很重視助理小錢的意見，因為他會向阿羅還有他大姐打小報告！簡直不能忍！

「我去買過來在這邊吃？」

祁避夏的直升機降落的大廈是一間五星級多功能飯店，二到六樓開滿了各式各樣的高級餐廳，祁避夏完全可以在其中隨便找一家坐下來等著小錢把M記買過來，如果不合心意，還能在餐廳點別的東西。

「愚蠢的人類啊！」祁避夏突然發現這句話用起來真的很帶感，怪不得兒子愛說，「吃飯重要的不是食物，而是氣氛。」

被擠死的氣氛？小錢不禁腹誹。他再次確認道：「總之，你是非去不可？」

「非去不可！」誰也不能阻止他和他兒子相親相愛！

說完，祁避夏不再管助理小錢，逕自拉著兒子帶著保鏢直奔相隔一條街的M記而去。

助理小錢也是毫不客氣，掏出手機發了封簡訊給他的直屬上司阿羅：「SOS！！！」

簡訊裡還附上了他們現在的衛星定位地址，以及接下來要去的目的地。

此時正值晚餐尖峰時段，M記裡人聲鼎沸，熱鬧非凡，小孩子在座位之間跑來跑去，大人們則忙著排隊、忙著占位、忙著過不得不如此的平凡生活。

一行精英正裝人士呼啦啦的到來，讓速食店裡的人都不禁產生了一種畫風不對的感覺。

祁避夏很淡定的無視了旁人的眼神，只專注帶著祁謙圍觀了一下M記的結構，之後就開始了很傳統的……站在快吃完的人旁邊，盯著人家看，等人吃完讓座的神奇經歷。

助理小錢欲哭無淚認命的跑去排長龍，替自家老闆和老闆的兒子買一份超值全餐。

被祁避夏盯著的是一對中年夫妻，還帶著一個不大的孩子。一家三口頂著壓力快速吃完餐點，幾分鐘後就讓出了四人的座位。等快走到停車場時，妻子才一拍腦門意識到：「剛剛那是祁避夏啊！演《孤兒》的那個祁避夏！」

《孤兒》算是祁避夏童年拍攝的電影中一個里程碑似的存在，正是憑藉那部電影他拿下了當年小金人和小金球的雙料電影特殊獎，不敢說全世界都看過，但最起碼大家都知道。

有了座位之後，祁避夏就讓祁謙和保鏢等在這裡，自己去接替助理小錢的排隊工作，他在專心致志的體驗著米蘭達口中所謂的「過程」。

小錢表示：老闆發神經發得好厲害，阿羅表舅快來救命啊！QAQ

「你去給我買副谷娘眼鏡回來。」

「天已經這麼晚了……」

「我不管，這是你的工作、你的問題，我需要做的只是下達命令。」

——還是那個頤指氣使的老闆，心莫名的放回肚子裡了呢。BY：小錢。

大概沒人能想到祁避夏會真的來吃M記，又或者人太多，大家都被嘈雜喧囂的環境熱壞了腦子，直到祁避夏因為不知道點什麼而在收銀檯前犯愁的時候，才被人高聲叫破了身分。

討厭祁避夏的人有很多，喜歡他的人更多。特別是時下的年輕人，幾乎各個房間裡都至少有一張行事乖張的祁避夏的海報，其中就包括為祁避夏點餐的M記服務生。她的手一直在抖啊抖，連為客人介紹新品的慣用術語說得都不流暢了。

最後還是祁避夏霸氣的表示：「都來一份吧，我也不知道我兒子愛吃什麼。」

「所有的餐點，各來一份？」

祁避夏不耐煩的點點頭，「如果我兒子喜歡哪個，我會再另外多單點的。」心裡則想著速食店真的好麻煩，不僅需要到櫃檯前付帳，還沒有專用的點餐單和會推薦當日主廚特色菜的服務生，根本不知道點什麼好！

等祁避夏付過錢之後，他就先拿著一部分餐點過來了，剩下的服務生會為他代勞。

在有人想找祁避夏簽名的時候，其他開車跟著直升機在路面跑的保鏢們終於到達，盡職盡責的將粉絲們都攔了下來。

祁避夏難得耐心的對圍觀群眾解釋道：「我是陪我兒子來吃飯的，他第一次吃這個，希望大家能配合給我們父子一些空間，萬分感謝。」

其他三個助理也已經很有應對經驗的開始派發祁避夏的簽名海報給眾人，本來是用在別

處的，現在只能先挪用在這邊應急。

這年頭還願意吃M記的，多是一些懷舊的中年夫妻帶著孩子來的，白領和年輕人一般都已經改選了這幾年迅速崛起的史潮的眼鏡青蛙，而祁避夏的狂熱粉絲主要還是以年輕人為主，所以海報也就暫時起到了一定的安撫作用。

當祁避夏拿著餐點回到祁謙桌子前時，祁謙正一手抱著泰迪熊，一手雙眼發亮的看著平板電腦上放映的動畫。

米蘭達看祁謙實在是喜歡，就把平板電腦直接送給了祁謙，反正她這個平板是備用的，上面也沒什麼不能見人的東西，最重要的是能做個順水人情。祁避夏也沒客氣，兒子難得表現出了想要的情緒，他也就很高興的領了這份情，想著日後再換個花樣還了這份情。

祁謙是吃過M記的，除夕請客，但只有一小塊麥樂雞，和一口漢堡。因為當時錢很少，卻有整個孤兒院的孤兒都在眼巴巴的等著。

那滋味讓祁謙念念不忘，他喜歡高熱量的食物，有利於他積蓄能量，重新把失去的尾巴長回來。

成年的α星人最低能有七條尾巴，未成年的祁謙一開始來地球的時候只有四條。後來一條了給祁避夏，一條給了除夕，一條用於維持駕駛艙運作——能量用完之前除夕能不能醒過來，祁謙暫時還不知道。現在祁謙自己就只剩下一條尾巴，變回了他最弱的時候。

α星人擁有很強的自我治癒能力，是屬於哪怕被碾爆了頭也能等個一年半載再活過來的類型。但再強的生物也不可能沒有弱點，毀滅α星人的尾巴，就是殺死他們的不二法門。

祁謙對長尾巴的事情其實一直都挺急的，只是他不敢表露出來。

現在吃了一桌子高熱量的M記之後，祁謙發現這就是捷徑啊！於是他雙眼發亮的看著祁避夏，想著這個人類也不是那麼沒用。

祁避夏被兒子看得神魂蕩漾，正準備不顧兒子的食量再多買一點的時候，助理小錢回來了——帶著谷娘眼鏡，以及氣勢洶洶的阿羅。

越來越多的媒體和粉絲已經在短時間內開始向M記聚集，三十三天的周邊街道上是各式各樣聲色犬馬的娛樂場所，大批的粉絲瞬間湧來將本就壅塞的交通弄得徹底癱瘓了。這也是祁避夏至今還能安生坐在M記裡的主要原因，因為狂熱粉都被堵在了路上，但他們最終還是會來，只是早晚的問題。

於是祁避夏只能留下保鏢打包食物，自己帶著兒子進行戰略轉移，趕在還能殺出重圍的時候離開了那個是非之地。

「真不知道你都在想些什麼！」阿羅快氣瘋了，他只是一會兒沒注意，祁避夏就給他捅了這麼大的婁子！

「謙寶喜歡！」祁避夏有理有據。

祁謙難得配合祁避夏，點了點頭道：「嗯，喜歡。」

祁避夏更得意了，順便在心裡盤算自己大概又一次弄錯了，他原本以為是氣氛問題，現在看來只是單純的食物味道……唔，到底是投資一家自己放心的M記好呢，還是找關係讓家裡的廚師去M記的總公司培訓一下？

阿羅徹底敗給這對父子了。

等直升機回到豪宅後，過了十五分鐘，保鏢和還熱著的速食餐點也抵達了。祁謙繼續開吃，祁避夏則興奮的看著兒子吃。

祁避夏終於理解了他曾經主演的電影裡，為什麼貧窮的養父把僅有的食物給了養子，卻還能笑得那麼開心，說看著對方吃他就滿足了。以前祁避夏不懂，明明那麼餓，又怎麼會覺得開心呢？現在有了兒子，祁避夏才終於明白，那份開心是因為兒子能吃飽，能健康茁壯的成長。

怕嚇到祁避夏，祁謙多少還是知道收斂的，吃了一些之後他就停嘴了。

祁避夏在那之後，獻寶一樣給了祁謙谷娘眼鏡。

「這是什麼？」

「比平板電腦更方便的東西。在外面用眼鏡會比平板電腦方便不少，最起碼你能騰出手來抱著你的泰迪熊。」

祁避夏也是可以很細心的，他注意到了平板電腦和泰迪熊之間的矛盾。

除夕說過：「當一個人透過自己的發現注意到你需要什麼、喜歡什麼的時候，這就是關心了。」

那一晚祁避夏乘勝追擊，問了祁謙很多他在孤兒院的生活，祁謙配合的一一作答，父子倆前所未有的相處融洽。

祁避夏注意到每當祁謙說到一個叫除夕的小男孩時，他的話就會變得特別多，表情也會生動不少。

用一句很俗的話來形容就是，當祁謙說起除夕的時候，他的眼睛都在放光。

祁避夏很高興兒子能有喜歡的小夥伴，並不像是大部分自閉症兒童那麼孤僻。但一聯想到自己被綁架那晚的結局，祁避夏就突然說不下去了。那一晚公路上有一大灘血跡，不是他的，不是祁謙的，那會是誰的？綁匪？還是祁謙最喜歡的小夥伴除夕？祁避夏有很多關於那晚的問題想問祁謙，最後卻還是一句話都沒說。

打發祁謙上樓睡覺之後，祁避夏就打了通電話給裴越：「我是不是很卑鄙？」

「當然！」電話那頭裴越陰沉的語氣聽起來就像是隨時要毀滅世界，怒氣值滿點，「謝謝你注意到我們兩個之間的時差，並特意選擇了你那邊晚上十點左右，我這邊凌晨五點左右的時候打電話給我！你知道我幾點才睡下嗎？！」

「不是這個，我是說我明知道我自己有可能害死了兒子唯一的朋友，卻害怕和兒子把關係鬧僵，連問都不敢問。」祁避夏把前因後果對裴越講了一遍。

「……」裴越無語表示：聽不懂反諷什麼的，真不是故意的？

但最後裴越還是只能耐下心來向祁避夏分析道：「這只是你的一種猜測，並不一定就是真相。好比那晚去救你的不是除夕，而是你兒子別的什麼朋友，那麼，除夕就死在了那晚孤

兒院的大火裡。如果那晚去救你的是除夕，你就能肯定那血是除夕的？流那麼多血早死了，那他的屍體怎麼處理？你兒子再天才也不過五歲多，他不可能無師自通這些東西。所以安心吧，別胡思亂想，自己嚇壞了自己。」

「但是我總感覺這事沒這麼簡單。」祁避夏皺眉，大概是關心則亂，他總能夢見那個血光沖天的晚上，明明什麼都回憶不起來，卻能活生生記住那一份恐懼。

「沒有但是。換個說法吧，這事憑你一個人，能想明白嗎？不能。你能在缺乏先決條件的時候解決嗎？也不能。所以你在煩惱什麼啊？老祖宗說得好，快刀斬亂麻，以不變應萬變。實在是愧疚，就加倍的對你兒子好，這事百利而無一害。」

——求求你，趕緊想明白，放我去睡覺吧。BY：裴越。

「懷著這份愧疚之心加倍的對祁謙好嗎？」祁避夏若有所思，「你最近怎麼變得這麼哲學了？難得有個很有建設性的提議呢。」他可是一直沒忘記裴越當初建議他「把兒子當情人養」的「好」辦法。

「因為當年我就是這麼希望我爸對我的呀，可惜他沒做到。」被求而不得的睡眠折磨得死去活來的裴越，終於大腦當機，說了一些本應該這輩子都被深埋在心底的話。

裴越的父親被尊稱為裴爺、裴老大，聽稱呼就知道這位從事的職業有著很高的風險。裴越以前有個一母同胞的大哥叫裴卓，那才是讓裴越的父親真正滿意的繼承人，但最後這位優秀的繼承人卻死在了這份高風險的職業裡。當時遠在E國的裴越一直在等他爸的解釋，最後卻只等來了一通讓他轉學回國的電話，還是他爸的特助打來的。

自此，拉開了裴家父子十年內戰的序幕。

裴越覺得他父親根本不重視他們兄弟，所以他大哥才會死，所以他這輩子都不想和他父親以及他父親的職業扯上任何關係。

祁避夏拿著電話，為突然聽到的黑道秘辛而感到有點不知所措。

祁謙站在二樓走廊的陰影裡，聽完了祁避夏和裴越的全程通話，然後才返回自己偌大的臥室。泰迪熊已經變回了駕駛艙的原形，即便房間很大，也被擠得滿滿當當。

駕駛艙分為兩部分，一部分改造成治療艙的躺椅，一部分就是有著駕駛臺的儲物空間。打開駕駛艙，祁謙默默的看著治療艙玻璃裡的除夕，那是一個漂亮中帶著凌厲肅殺的男孩，自有一股說不上來的霸道之氣，當他睜開眼睛的時候，那種讓人想要心悅誠服的氣質會顯現得更加淋漓盡致。

祁謙不懂這個，在他看來地球人長得都差不多，但只有除夕是不一樣的，說不上來哪裡好，反正他就是看著除夕哪裡，哪裡都覺得舒坦、安心。

祁謙毛茸茸的尾巴悄悄分散開來，化作能源離子，進入治療艙後又重新凝結，小心翼翼的蹭了蹭除夕毫無血色的白皙臉頰。祁謙自除夕進入治療艙之後，每晚都會這樣，一邊曬月亮補充能源，一邊注視著除夕直至天亮。

即便是外星人也是需要睡眠的，但祁謙卻根本不敢閉眼，生怕自己稍有鬆懈，就會永遠的失去除夕。

祁謙對著毫無知覺的除夕開口了：「祁避夏今天做了很多事情，對我表達了你跟我說過的那種名為關心的情緒。而當他說他對你很愧疚的時候，我對他就怎麼都討厭不起來了。我這樣想是不是不對？你會因此討厭我嗎？」

就在這時，門把突然動了。

等祁避夏進到祁謙的臥室時，看到的就是他兒子安靜的躺在大床上，抱著泰迪熊，在薄被裡縮成一小團，氣息平緩起伏的安睡模樣。

祁避夏走到床邊，苦惱的看著裝睡的兒子，說道：「你再這樣，爸爸可要沒收你的谷娘眼鏡了。」

祁謙詫異的睜開眼睛看著祁避夏，「你怎麼知道我沒睡？」明明自己裝得那麼像！連呼吸都特意調整過。

「你睡覺從來都不脫衣服的嗎？」

「……」

祁避夏來得太突然，要收起駕駛艙，還要從房間的落地窗前回到床上，動作再迅速靈敏的外星人也有失誤的時候。當然，主要還是兩個星球不同的風俗民情導致了現在的窘況。在α星，根本沒人敢脫衣服睡覺，誰也不能肯定下一刻自己的尾巴還在不在自己身上。哪怕來到地球半年，祁謙在關鍵時刻的本能還是會出賣他。

「爸爸知道你想看動畫，但是也不能這麼沒日沒夜。小孩子需要充足的睡眠，也不能在黑暗裡看亮光，否則會眼睛會壞掉。」祁避夏很慶幸自己突然興起想要來為兒子蓋被子的念頭，要不然說不定他這個沒自覺的兒子不知要看到多晚才睡呢。

在祁避夏說話的時候，祁謙已經火速扒光了自己，然後抱著泰迪熊說道：「好了，我睡了，你可以出去了。」

看著兒子自欺欺人的可愛樣子，祁避夏笑了，「我會陪著你，直到你真正睡著為止。」

——地球人簡直神煩！

然後神煩的地球人祁避夏就主動上了祁謙的床，開始幫兒子換就放在床頭櫃上的睡衣。「雖然專家說裸睡有益身心健康，但也有可能著涼，你還是多少穿點吧。」

折騰了許久之後，父子倆加上一隻熊終於躺在了床上。

祁避夏摟著兒子，一邊輕拍著他的背，一邊小聲用磁性的聲音哼著催眠曲。小心翼翼的哄兒子睡覺，這個經歷對於祁避夏來說新奇極了，滿心滿眼的幸福彷彿都能溢出來。

祁謙不得不裝睡，直至祁避夏睡著了，他才再一次睜開眼睛，動了動身子，卻換來了祁避夏本能的繼續拍哄。

明明已經睡下了，卻還在小心翼翼的摟著兒子。祁謙無奈，只得妥協，躺在祁避夏的懷裡想著……

——負值的好感度就全部清零吧，讓我們重新開始。

——你好，我是祁謙，很高興認識你，祁避夏。

×月○日 **第四篇日記**

白家兄姐各個兒女控

第二天早上起來，祁謙不可思議於自己後來真的在祁避夏懷裡睡著了，然後第二件事就是趕忙擺弄自己的泰迪熊，發現除夕安好，這才徹底放鬆下來。

早餐桌上，一竅通百竅通的祁避夏，自動把注重養生的中餐換成了高熱量的西餐。在祁謙吃得心滿意足之後，還特意上了一塊飯後甜點——巧克力蛋糕，其熱量竟然比剛剛的乳酪培根還高，祁謙激動極了。

「這是什麼？」

祁避夏心酸得想哭，他的寶貝兒子竟然都不知道巧克力蛋糕是什麼！QAQ

以前沒給祁謙吃這些，是因為祁避夏不愛吃甜食。他有些自責，自己不愛吃，不代表兒子不愛吃啊，以後一定注意。他對祁謙保證：「日後你想吃多少都行！」

「你也不怕你兒子蛀牙！」阿羅一進門就看到祁避夏在例行賣蠢，真是什麼話都不想跟這個蠢蛋說了，但還是不得不說。阿羅將自己懷裡抱著的一大遝報紙、雜誌，重重的扔在了祁避夏面前，之後又打開了隨身攜帶的平板電腦，各大入口網站的網頁羅列其中，「看看你做的好事！」

《小天王夜航LV上空，疑似自殺？！》

《祁避夏驚現第三大街M記，引發交通堵塞！》

《陛下親口承認有了小殿下！》

一篇比一篇還聳動的標題，眼花繚亂得讓人應接不暇。

祁避夏習以為常，快速掠過了那些說自己越來越墮落的批評報導，慧眼如炬的在海量照

片中找到了一張祁謙的正面照，開心的說：「這張謙寶照得好帥啊！」

阿羅毫不客氣的把祁避夏的頭摁在了報紙堆裡，「麻煩你花痴兒子的時候，也請注意一下場合！」

「我要罷工！」祁避夏氣哼哼的威脅道。他今天還有《下一站超模》的第三環節工作，評審要依據前兩個環節裡選手們的表現打分選出冠軍。

阿羅根本不懼祁避夏的威脅，「你大姐跟我說，等她出差回來後她會跟你談談人生。而你大哥已經讓我替你安排了行程，等你今天的通告一結束就直飛S市，他在白氏集團頂樓辦公室等你。對了，他還讓我轉告你，別僥倖以為你三哥能救場，他出國看兒子去了。Have a nice day～」

祁謙：「那一天，祁避夏終於回想起來了，曾一度被阿羅微笑背後的惡意所支配的恐懼，還有來自白家老大的死亡通告——懷著這份愧對白氏名譽的心情給我下地獄去吧！」

祁避夏：「兒子QAQ我們能不在三次元裡配旁白嗎？」

為避風頭，祁避夏只能含淚放棄好不容易緩和了關係的兒子，痛苦的選擇去獨自工作。管家喜極而泣，早在一週前，他就為祁謙配置好了兩個保姆和四個保鏢，此時，他們終於有用武之地了。

殊不知，祁避夏卻道：「我就是不太想他們有用武之地。」

因為童年陰影，祁避夏其實很不放心把兒子單獨和傭人放在一起。事實上，哪怕是家裡如今的管家和傭人，如果不是當初大哥堅持，祁避夏都不是特別想從白家帶過來。

在仔細確認了一遍又一遍兒子已經會用掛在脖子上的手機打電話給他求救之後，祁避夏這才難捨難分的坐車前往節目組的室內演播大廳。

阿羅的嘴角怎麼都止不住的抽搐著，這種自己像是棒打鴛鴦的王母既視感是怎麼回事啊啊？！

◎◆◎◆◎◆◎

沒了祁避夏的這一天，祁謙倒是過得很充實。他吃了N個巧克力蛋糕之後，發現了巧克力、果仁冰淇淋、士力架、太妃奶糖、可樂等皆屬高熱量零食，還發現這些東西搭配起來效果更佳。

於是，他曬著太陽，一邊補充能量，一邊看完了從昨天就在追的新番動畫，簡直是超級幸福！

沒了祁謙的這一天，祁避夏卻過得生不如死，茶不思飯不想，一有空就打電話給兒子確認對方在幹什麼，有沒有被欺負。

管家：「……」

米蘭達算是見識到了什麼叫喪心病狂的兒控……不對，應該是兒奴。她一直以為她老公寵孩子寵得算是誇張的了，今天才發現那根本小巫見大巫。

「說真的，推薦你參加個節目吧，就是我們臺裡暑假準備推出的明星親子類真人秀，兒

子工作兩不誤喲親～你值得擁有～」

「還有這種節目？」祁避夏以前從來沒關注過這些，畢竟他怎麼都不會料到自己二十歲就喜當爹了。

「這也是我們家電視臺的一次創新，選秀熱、相親熱等一連串娛樂熱潮裡，我們也就在選秀類節目方面占了個先機，後來還被其他人抄襲得不像樣，如今只剩下我這個節目在苦苦撐著，臺裡必須推陳出新了。」米蘭達無奈的擺了擺手。

「你也知道的，這幾年夏天闔關類節目的收視率一直居高不下，電視臺高層長官想爭夏季這個好時段，又不屑拾人牙慧，就有了明星親子真人秀的 idea，看準了別臺在短時間裡沒辦法找出那麼多有適齡孩子並檔期合適的大牌，這才敢推出這個企劃。」

米蘭達一點都不怕祁避夏會洩露這個本應該還算是機密的企劃，畢竟整個電視臺都是祁避夏家的。

「還是妳主持？」祁避夏的興趣被吊了起來。

米蘭達搖搖頭，「我只負責帶兒子參加節目，好歹我也算是個前任超模、現任知名主持人，能拉高不少收視率。呵，不得不說，臺裡這個點子挺能戳人 high 點的，最起碼我就心動了，誰家有了可愛的孩子不想把孩子的照片啊、錄影啊到處撒的？我四兒子福爾斯正好五歲半，簡直小天使！」

「節目嘉賓已經定下了嗎？」祁避夏積極起來。能一邊工作、一邊促進與孩子的感情，還能順便把自家可愛的謙寶推銷到全國，由專業的攝影師記錄，想想真是把持不住！

「第一季預計是四個常駐家庭和一個特別來賓家庭，現在簽了合約的，是我和我兒子福爾斯，以及小說大神三木水和他的女兒，另外兩個名額也已經發出了邀請，不過還沒定案。只要你願意，那些高層長官肯定巴不得讓你上場，主要還是看你有沒有空檔。這製作時間挺趕的，五月開機，六月就要播第一集。視收視率決定第一季到底能拍多少集，暫定是十二小集、六大集，為期三個月的拍攝時間，不過我覺得肯定會超過這集數。」

祁避夏低頭沉思，他倒是不覺得檔期有什麼問題，只要他樂意，有什麼通告是他不敢推的？——完全無視默默盯著他的阿羅——他只是有些害怕過度的曝光會影響到兒子的生活。

他的童年就是個好例子，鎂光燈給了他名和利，也給了他數不清的傷害與痛苦。

結果，一直到見到大哥之前，祁避夏都在考慮這個問題，這是就連現場看著佩珀爾當不上《下一站超模》的冠軍，也沒能分得祁避夏多少注意的神奇事情。

……足以可見白家老大的殺傷力。

祁避夏的大哥白冬是白氏現在的家主，也是白氏集團的總 BOSS，比祁避夏足足大了二十幾歲，當祁避夏的爸都綽綽有餘了。

父母意外去世後，祁避夏被白家收養，身為獨子的他便有了一群哥哥姐姐照應，那時白冬已經執掌了整個白氏，上位者的氣勢自不用說，一個眼神掃過來就夠祁避夏腿軟好幾天了。自此，祁避夏見到白冬就像老鼠見到貓似的。

白氏集團最頂樓的董事長辦公室裡，一身深色西裝的白冬，正在用己身詮釋著什麼叫工

作狂。他的辦公室布置一如他的人，黑白的主色調、硬金屬材質，冷漠幹練、氣勢逼人。

祁避夏還沒進門，大氣就已經不敢喘了，活像是在硬闖龍潭虎穴。

進門後，白冬並沒有搭理祁避夏。隨著時間一分一秒的過去，被晾著的祁避夏卻一直不敢有絲毫的怨懟，就這麼靜待著達摩克利斯之劍從頭上落下。

被罰不可怕，可怕的是被罰之前自己內心中對於各種懲罰的猜測和想像。

等白冬忙完之後，已是華燈初上，隔壁秘書辦公室的秘書、特助們都已經悄悄輪班吃過了晚飯，白冬好像這才想起來他這邊還有個欠收拾的弟弟在等待。

「知道錯了嗎？」

「我錯了！」祁避夏認錯的態度總是十分良好，果斷又乾脆。

「錯哪裡了？」白冬繼續用這種彷彿能直接磨死人的語氣問道。

祁避夏低頭苦思，錯太多，不知從何說起，怎麼辦？算了，破罐子破摔，來個痛快吧！他視死如歸，不帶任何標點喘息道：「哥，我想帶我兒子參加我們家控股的電視臺六月份準備推出來的明星親子類節目。」

白冬卻沒如祁避夏預料的那樣教訓他不知反思還淨想著出鬼點子，反而挑眉，讚嘆似的看了一眼祁避夏，「真難得你這次開竅了，知道想辦法挽回聲譽，值得鼓勵。」

無論是祁謙這個私生子的事情，還是今天的負面報導，又或者祁避夏在《下一站超模》裡弄出來的可以預見的負面報導，在經過參加親子節目這件事，就都可以解釋為是在替節目提前進行宣傳。這真是個一箭多鵰的好辦法，白冬想著，他這個不爭氣的弟弟，在有了兒子之後終於開始發育大腦了嗎？真是可喜可賀。

「誒？」祁避夏一愣，首先他沒明白他錯在哪裡，其次他並不知道他挽回了什麼。只能說，一個想太多，一個什麼也沒想，誤會就是這麼美妙。

祁避夏本能的覺得無論他大哥說了什麼，都是很厲害的樣子，決定就這麼愉快的蒙混過關，順便各種馬屁表忠心：「大哥你放心，我保證下次一定更加努力。」

「你還想有下次？」

認錯態度良好，但下次犯錯時照樣不含糊，說的就是祁避夏這種人。

「沒有沒有沒有！絕對沒有下一次了！」祁避夏趕忙祭出大殺招——手機裡存著的大量祁謙抱著泰迪熊的萌照，「哥，給你看我兒子謙寶，很可愛吧！」

白冬面無表情的看了一眼祁避夏，示意他離自己遠點，但卻沒有把手機一起推開，反而一張張照片耐心的看了起來。

這是三哥白秋給的錦囊妙計，自家四十多歲的大哥白冬是個工作狂、強迫症、典型的處女座，至今未婚，大齡剩男，沒老婆、沒孩子，唯一的弱點就是……對軟萌糯的可愛生物沒有一點抵抗力。

「咳，不錯。」白冬生怕自己身為大哥的威嚴掃地，看了一會兒之後就強迫自己抬起了頭，繃著臉對小弟祁避夏說：「繼續努力，你可以回去了。」

簡單來說就是這事雷聲大雨點小的揭過去了。

祁避夏喜從天降，不過在得意忘形之前他還不忘繼續鞏固自己在大哥面前的良好印象，

操作著手機說道：「照片我留一份給你唄～」

白冬繼續一臉酷帥狂霸跩的高冷總裁樣坐著，死死的盯著祁避夏，看著他傳好照片、看著他「領旨謝恩」後迅速滾遠，然後心滿意足的勾起脣角……小孩子真是太可愛了！

晚上祁謙以為祁避夏蒙主寵召是回不來了，於是就放心大膽的在客廳裡曬月亮、吃零食、看動畫。

結果……

祁避夏卻生生硬扛著疲倦的身體，又乘坐私人飛機從S市飛回來了！

父子倆四目相接，祁謙很心虛。雖然他覺得自己和地球人的構造不一樣，這麼胡吃海塞不睡覺也不會生病，還能積蓄能量，但是在地球人看來這樣就是很不好的表現了，管家和兩個保姆已經在他耳邊輪番說教好幾次了。

祁避夏卻表示：「嗷嗷，這麼晚了謙寶還在等爸爸，爸爸好感動！」

「……」祁謙鬆了口氣。幸好，祁避夏是個蠢蛋。

◎◆◎◆◎◆◎

四月中旬，白家大姐和白家小弟分別從不同的國家結束了出差、看兒子的旅程，回到了LV市。而此時祁避夏因私廢公，蓄意報復模特兒界新人的消息已經甚囂塵上，在網路上越演越烈，掀起了一次又一次血雨腥風的對嗆，一如白家大哥所料，祁避夏跟佩珀爾和可歌的事根本完不了。

白家大姐白安娜晚上來祁避夏家吃飯的時候，電視裡剛好播到《下一站超模》總決賽的下集，佩珀爾無緣冠軍，祁避夏笑得一臉大反派。

祁謙正琢磨著自己是不是該繼續替祁避夏配哀悼的旁白，白安娜卻先表示了。

「笑什麼笑！我要是你就直接剪掉他全部的戲分，還給他機會露臉？有後臺怎麼了？這不是明擺著的事嘛，這個世界就是這麼不公平，有本事他也找個強得過白、齊、裴三家的後臺啊！這找死的傢伙，竟然敢說謙謙是小兔崽子，那我是什麼？我們一家又算什麼？一窩老兔子嗎？！」

白安娜女士是個火爆脾氣，發起火來誰都攔不住。

祁謙面對「謙謙」這個稱呼，內心五味雜陳。

「姐，妳醒醒，我這樣都已經在網路上被罵得那麼慘了，妳這樣不是火上澆油嘛！」

祁避夏的負面報導很多，皆因他受不得一點氣，又有恃無恐的性格所致。而祁避夏有這個性格，正是被火爆脾氣的白家大姐慣的。

「怕什麼！直接一句他無故洩露比賽內容，就可以刪了他全部的戲分！保密合約上白紙黑字的都寫著呢！以前又不是沒有先例。第幾季來著？不是有個小模提前在網路上說自己贏了冠軍，破壞了節目的神秘性和可看性就被刪了嘛。多好的例子不會用！你和阿羅還有米蘭達能不能用用腦子！」

成功的商人呢，即便脾氣再火爆，性格再護短，也是能找到合理理由，坑得別人還不了嘴的。

「但現在的重點是，佩珀爾和可歌的戲分已經播了，而三哥提議『為了宣傳新節目，最近才會有層出不窮的報導』的這個理由，也因為保密性而暫時不能說，需要等到五月份。」祁避夏是這樣回答白安娜。

以白家的實力，如果祁避夏想的話，其實網路上這些關於他當評審不公的血雨腥風根本就掀不起來。

但重點就是……

「你真的想把這事壓下去嗎？」姍姍來遲的三哥白秋如是問。

祁避夏不置可否，他沒有抖M到故意讓別人批評他的興趣，卻也沒有抖S到禁止全世界的人說他壞話的興趣。這是祁避夏一直以來面對媒體的態度，順其自然就好。

「一個兩個都這麼逞強，偶爾動一下家族勢力會死啊！」

別的世家愁的都是子孫後代不爭氣、公器私用，一口一個我爸爸是某某某、我爺爺是誰誰誰的，白家愁的卻是家庭成員各個都想自立門戶，讓他們動用一下家裡的勢力比殺了他們都難。

——呵呵，真是奢侈的煩惱呢，手裡莫名多了火把。BY：各大世家家主。

白家奇葩的傳統還有很多，好比全家人堅決不會一起坐同一架飛機，或者同乘一輛車，據說是為了避免被一窩端了的可能性。所以，哪怕白天同在白齊娛樂上班，晚上的目的地都是來祁避夏的家看家庭新成員祁謙，白安娜和白秋卻是在不同時間來的。

「也不會一起出門旅遊嗎？」祁謙難得主動表達了自己的好奇，因為除夕告訴他說，感情親密的一家人就應該在一起，那白家這樣算不算感情親密呢？

「很遺憾，不會。」白安娜簡潔的給出了答案。

「因為大家都很忙，行程很難湊在一起，所以一般都是各玩各的。不過，雖然不能經常見面，但大家心裡其實都還是愛著小謙的喲。」性格溫和的白秋蹲下身子，平視著祁謙，一臉溫柔的細細解釋道：「以後慢慢你就會體會到了。那麼，先自我介紹一下，我叫白秋，是你的三伯，你可以直接叫我『小爹』，我會努力的接受你、喜歡你、承認你為家中一分子。那麼，你呢？」

「我叫祁謙，我也會努力的。」雖然是第一次見面，但比起對祁避夏糟糕的第一印象，祁謙對白秋的感覺要好很多，因為白秋對待他的態度像是在對待一個平等的人，而不是把他當作好哄的孩子。

「我能抱抱你嗎？」白秋一臉期待的看著眼前的表姪，對小孩子沒有抵抗力的又何止是他大哥。

祁謙想了想之後，點頭同意了，主動讓白秋抱了起來。

白秋的長相其實不算突出，但勝在氣質極佳，翩翩公子，溫潤如玉。如果說白家大哥對小孩子這種柔軟的生物屬於單相思，那白秋就明顯屬於雙箭頭的互有好感了。他人畜無害的笑容，總會特別容易捕獲小孩子的親近。

看著白秋順利得到了祁謙的好感，蠢爹和白家大姐表示不服！

「沒辦法，誰讓在座的只有我有養孩子的經驗呢。」白秋小哥低調中帶著得意，和家人開著無傷大雅的玩笑。

不過，他說的也算是實話了。白秋結婚早，離婚也早，那段僅維持了三天的婚姻，在離婚八年後帶給了白秋一個七歲大的兒子，和祁避夏別無二致的喜當爹。而如今，白秋的兒子白言已經是獨當一面的大人了，年齡比祁避夏還大，繼承了母親那邊的遺產和事業。

「我女兒是擺設嗎？」白家大姐更不服了，她是她這一代人中，唯一還維持著幸福婚姻的人，和丈夫共同育有一女齊雲靜，年齡比白言還大，現已在國外成家。

「妳只有指揮保姆養大女兒的經驗，謝謝。」白秋毫不客氣替自己的外甥女打抱不平。

白安娜和她丈夫一個經商、一個從政，早年生孩子的時候，正處在需要拚搏事業的上升期，都是忙到讓人覺得他們夫妻感情能這麼好簡直不可思議的大忙人，夫妻之間都如此了，更遑論對待女兒。毫不誇張的說，齊雲靜對保姆的感情，都比對她父母的要深。

「誰、誰說的！我還是很關心我女兒的好嗎？！」白家大姐一理虧，就愛結巴。

「那妳知道小靜哪天生日、哪天結婚，喜歡什麼、不喜歡什麼嗎？」白秋和齊雲靜的接觸其實也不算多，因為他們一直都生活在不同的城市，但最起碼這些問題的答案，細心的白秋是知道的。

「……我連我自己是哪天生日、哪天結婚都不記得了好嗎？」

這也是白安娜和他老公沒有矛盾的主要原因之一，她一點女性面對紀念日該有的特殊情懷都沒有，覺得那不過是虛有其表的浪費時間。

「至於靜靜喜歡什麼……呃，她喜歡常戚戚，討厭……討厭我和她爸爸。」

「妳知道妳自己在說什麼嗎？」白秋無語的看著已經無所不用其極的自家姐姐。

白安娜卻驕傲挺胸道：「在說明我很愛我女兒，即便她喜歡女人。」

也不知道是教育的路上哪點被玩壞了，從小自立、很有自己主見的齊雲靜，選擇了和一個叫常戚戚的女人結婚，愉快的當了一個蕾絲邊，並且獨立擺平了旁人的閒言碎語，讓白安娜和她丈夫毫無用武之地。

也正因此，在女兒身上受到巨大挫敗的白安娜，才會在後來將一腔熱情都撲在收養過來的小表弟祁避夏的身上，而現在換成了祁謙。

可惜……祁謙一點面子都不給，他只喜歡給人感覺很舒服的白秋。

「小爹和除夕很像。」

祁謙在事後是這麼告訴祁避夏的。

祁避夏：這都是什麼事啊？兩個根本八竿子打不著的人怎麼會像啊你告訴我！如果這樣都能像，那爸爸我也可以和除夕很像啊！謙寶你看看爸爸！QAQ

然而，祁謙怎麼都沒想到，正是這個他很喜歡的白秋，在第二天給了他「會心一擊」。

「去上幼稚園？」那是什麼鬼？！

來自高等星球的α星人表示：我和那些真正五、六歲的小孩子處不來好嗎？求放過！

白秋卻很堅持，他不是祁避夏這種無條件的寵溺型家長，他雖然溫柔，卻並不好說話。他絕對不會允許祁避夏把祁謙養成一個無所事事，整天只知道混吃等死的富二代。

從幼稚園到小學再到中學，白秋已經在閱讀過大量相關學校資料之後，為祁謙一一計畫安排好了，甚至還報了幾個才藝班，琴棋書畫、君子六藝。看他那股熱勁，頗有點「勢要把祁謙培養成才，不成男神不甘休」的架式。

祁謙終於明白了蠢爹的好，趕忙將求救的眼神看向祁避夏。

祁避夏收到信號之後，自然對三哥白秋提出了抗議：「謙寶還小呢，上學的事不著急。而且你替他報名那麼多課程，是想累死他嗎？需要我跟你強調我兒子才六歲……不對，是五歲半嗎？」

C國在對下一代的培養上，是公認的教育地獄。很多國家也在向C國學習，大家好像都已經默認了成才之路必然充滿荊棘，雖然很心疼孩子，但也只會在重壓之下為孩子請心理醫生，卻堅決不改變教育的態度。

祁避夏小時候就很懼怕這樣充滿了束縛的填鴨式教育，所有人都在跟他說：你不努力，就沒有競爭力，最後會被社會淘汰。

白家人幾乎都是在這樣的精英教育下長大的，並且真的在各行各業都成才了。

但祁避夏卻還是不怎麼贊同這樣的教育理念，因為對他來說，兒子的微笑和快樂才是一切，至於成才什麼的，如果兒子願意他自然不會阻止，但要是兒子覺得太苦了……他會為兒子留下足夠他揮霍一輩子的遺產。

白秋聽後，毫不猶豫照著祁避夏的後腦杓就是一巴掌，吼道：「簡直是歪理邪說！『授人以魚，不如授人以漁』的道理還用我跟你說嗎？你為你兒子留下再多的錢，他守不住也是白搭，甚至會如稚童抱金於市，引來殺身之禍！」

祁避夏不得不承認白秋考慮的要更全面一點，但他還是要捂著頭說：「妖孽，還我溫柔的三哥！」

不管祁避夏如何耍寶、祁謙如何不情願，最終祁謙去三十三天內專門為名人富豪的孩子開辦的貴族幼稚園的事情，還是被無情的定了下來，當天就試讀入園了。

朝夕幼稚園的園長和草莓班的老師早早就站在了幼稚園門口，一起歡迎祁謙入學。

這個倒不是幼稚園有多攀附世家名人，而是他們的理念就是如此。每天早晚園長和老師都會一起站在幼稚園門口等著孩子上學放學，以身作則的教會孩子們懂禮貌，見人說你好、道別說再見。

草莓班有兩個老師，卻只有五個孩子，加上祁謙就是六個。這是朝夕幼稚園小班教學的上限，一個老師最多負責三個孩子，十分對得起幼稚園開出來的天價學費。平時室外活動的時候則是各個班混在一起上，力圖不讓孩子覺得寂寞，缺少玩伴。

草莓班的兩個老師，一男一女，一個年輕活力，一個成熟穩重，都是很有耐心與親和力的人。

年輕的女老師複姓歐陽，笑容甜美，牽著祁謙的手前往草莓班。

祁避夏和白秋則在園長的陪同下，在玻璃窗外面看著草莓班的互動，在祁謙加入進去之後就變成了遊戲時間，幫助祁謙儘快融入這個小班級。

窗明几淨的教室、溫柔耐心的老師、天真無邪的孩子，組成一幅讓人心曠神怡的畫面。

「看吧，我就說送小謙來上幼稚園是個好主意。」白秋對祁避夏道，「你不能用舊有的眼光看問題。這幾年國家對教育的政策也是一改再改，不會再像過去那樣揠苗助長了，現在注重的是寓教於樂、素質教育，沒有你想的那麼苦。」

恰在此時，就聽教室裡頭其中一個小男孩在遊戲空檔對歐陽老師問道：「老師，妳找到男朋友了嗎？」

祁避夏默默的看著白秋，白秋很淡定。

園長的壓力才是最大的，他一邊擦汗、一邊解釋說：「我們對性知識、戀愛關係是秉承著開放的態度，早早的告訴孩子那是什麼，就不會在將來引起他們過剩的好奇心，也就避免了他們因為好奇而去嘗試，造成一些不可挽回的後果。」

祁避夏勉強接受了這個說法。

教室裡，歐陽老師也果然如園長所言，大方的笑著回答：「沒有喲，路易要來當老師的男朋友嗎？」

名叫路易的小男孩淡淡的瞥了一眼自己的老師，帶著微微的炫耀：「抱歉，我有了。」

祁避夏：「……」

——我兒子絕對不能在這家幼稚園待下去！

最後祁謙真的沒能待下去，倒不是因為小朋友攬基的問題，而是C國最大的網路論壇的娛樂八卦版最近新貼出來的一篇帖子，帖子裡有一張被燒得慘不忍睹的玩偶圖片，旁邊寫著祁謙的名字。

網路上出現不少關於《下一站超模》評審不公的帖子，甚至開始出現一些因為厭惡祁避夏而殃及家人的激進言論，好比說祁謙出身孤兒院，性格本就陰暗，如今一朝得勢，鐵定成為一隻越來越驕縱霸道的熊孩子。《下一站超模》罵戰的起點，不就是可歌動了一下祁謙的泰迪熊嗎？有必要如此小題大作嗎？早晚有一天，祁謙會變成祁避夏第二，與其等他將來為禍社會，不如趁早毀掉，以絕後患。

祁避夏在白安娜的辦公室裡，對他的哥哥姐姐們一字一頓道：「我、絕、對、不、會、放、過、那、些、人、的！」

比起祁避夏平時隨興的性格，這下他是真的氣急了。

「雖然我不太主張以惡報惡，畢竟冤冤相報何時了，但這次情況特殊，等我的消息。」白秋笑得還是那麼溫柔，可眼睛裡卻沒了溫度。敢傷害他的家人，就要做好等死的準備！

網路空間是個神奇的地方，隔著電腦和網路線，有你未曾想像的感動與正能量，也有讓你根本無法相信的陰暗與齷齪。不知道彼此是誰，沒有面對面的交流，這樣特殊的環境無形

中就放大了人性中的某一面，或天真，或險惡。

在沒看到詛咒祁謙的帖子之前，祁避夏也根本無法相信真的有人會如此喪心病狂……新世界的大門就這樣打開了。

本來一開始網路上的罵戰只是在說祁避夏評分不公，就像是過去的每一次，稍有風吹草動，他的 ANTI 粉便以彷彿跟他有奪妻之恨、殺父之仇的態度把他抹黑到底。

面對這些言論，祁避夏基本上都是一笑而過的，因為他早已經在這樣一次次無論到底錯的是他或不是他、反正一定要黑他的腥風血雨中百煉成鋼，領悟了人間無上真諦的賤招——裝死。

——任爾東西南北風，我自爛泥躺倒，不服你來咬我啊！

這次也是如此。

佩珀爾在網路上哭訴他被某些評審不公平待遇了，因為他為自己的朋友仗義執言、義憤填膺了幾句。佩珀爾雖沒指名道姓，但是有眼睛的都能看出他在說祁避夏。接下來，就有很多「正義使者」跳出來要代表月亮消滅橫行霸道、魚肉鄉里的祁避夏，甚至在佩珀爾背後說祁避夏的那些誅心之論被原封不動播出後，他們也依舊不管不顧，有人還留下了「佩珀爾說錯了嗎？你祁避夏演技就是很爛啊，爛還不讓人說了嗎？」之類的奇葩言論。

但是當面說和背後說，又怎麼能一樣呢？很多人卻偏偏要當個睜眼瞎子。

為什麼？

因為佩珀爾和當紅的祁避夏比起來，佩珀爾顯得更加弱勢可憐。

這個社會，特別是在網路上，開始出現一個怪圈，大家不會理智的站在對的一邊，只會看誰顯得比較弱勢就去可憐誰，並還自視甚高的表示：「你們說我聖母，但我這是善良，如果你們說善良是聖母，那就隨你們去吧！」

但是善良和聖母真的不能混為一談。善良是美德，它的三觀和立場是正確的，無論支持正確的人是少數還是大多數，善良的人都會選擇正確的一面；而聖母則是不分對錯，只會幫助「弱勢可憐」的人，不管對方做的到底是對的還是錯的。（注：這裡的「聖母」是網路上帶著嘲諷的貶義詞，與三次元理解的聖母無關。）

罵戰不斷升級，最終有些偏激的人，或者本身就對祁避夏有惡意的人，終於在有心人的挑撥之下，擴大了攻擊範圍，涉及到了祁避夏唯一寶貝的兒子祁謙身上。

祁避夏不可能把聖母病患者都一一找出來報復，但他能對付那些背後別有用心的人。聖母是把雙刃劍，能幫「弱小」的你攻擊別人，自然也會在別人更加弱小的時候反過來攻擊你。好比等大家冷靜一下，發現祁謙只是個五、六歲的「可憐」孩子時，言論到底會怎麼發展還猶未可知。

不過，為了以防萬一，怕祁謙在現實生活裡真的遭受什麼攻擊，祁謙只能和去了沒幾天的幼稚園遺憾的說拜拜。

好吧，祁謙對此表示一點都不遺憾，甚至是愉悅的，這是他第一次主動對祁避夏笑著說道：「我以後都不用去了嗎？」

「你真的這麼不喜歡？Why？」

祁避夏對朝夕幼稚園的觀感倒是越來越好了，因為就在昨天，祁謙寫了一張「我愛爸爸」

的卡片給他，雖然那是幼稚園老師安排的作業，但祁避夏還是很感動的，當場就把卡片放到了自己的榮譽室裡，與他演電影和出唱片獲得的各大獎項的獎盃放在了一起，那些都是他的驕傲。

「他們都蠢透了，根本沒辦法交流。」祁謙如實回答。

「小謙，你知道的，你比別的小朋友都聰明，聰明很多，特別多，我們以你的獨一無二為榮，但這並不能成為你嘲笑別人的理由。別的小朋友不是不聰明，只是相較於你來說，他們還需要努力。」白秋為了應對網路上的事情，晚上下班之後也去了祁避夏的家。

「我知道啊，我的同學已經遠比五、六歲小孩該有的表現優秀很多了。不知道的是你，小爹，我說的是我的老師，他們那麼笨，真的適合來教別人嗎？」

祁謙對未成年體總是比成年體要寬容很多。

「……」

作為白家唯三算不得天才的其中兩個，祁避夏和白秋開始嚴肅的憂心起自己什麼時候也會被高智商的祁謙嫌棄。

擔心祁謙被人惡意攻擊的緊張氣氛，倒是被這麼一鬧沖淡了不少。

當晚，白秋認識的網路專家回了話，發帖的幾個人和後面的關係網大部分都查了出來，不出意外的，可歌、佩珀爾以及L市的愛莎院長都赫然在列。

白秋看著祁避夏，「知道該怎麼做了嗎？」

「弄死他們！」

白秋毫不猶豫的一巴掌朝祁避夏的後腦杓拍下，「給我冷靜一點，收拾他們是我的事情！我現在說的是你，你以後打算做怎麼做？」

「什麼？什麼怎麼做？」祁避夏被問得一臉懵然。

白秋嘆了口氣，「這些人從某種意義上來說，也算是你惹來的禍事，你不會否認吧？如果你當初肯用心處理一下這些關係，就不會招致他們如此瘋狂的報復。雖然他們本身也有錯，但還是那句話，冤冤相報何時了？為了小謙，你能不能開始收斂一下你的脾氣？」

「我兒子都被欺負了，你就讓我乾看著？」祁避夏一臉震驚，他覺得他對性格一向包子的三哥又有了新的認識。

「不是乾看著！你怎麼就不明白呢？！」一向平和的白秋也難得有了暴躁的情緒，「我是說讓你更加圓滑、靈活一點，殺雞焉用牛刀。好比對方潑了你一身冷水，你燒開了水又潑回去，致使對方大面積燙傷，你覺得這樣的報復合適嗎？」

祁避夏想了想，然後小聲回答：「好像不太合適。」

「下不為例。這次我會幫你處理，那個可歌和佩珀爾本身就心術不正，一般的正常人想不到這麼陰毒的洩憤方式。所以我才會對你說，幹得好。但如果他們本身不是這樣的呢？只是這次你趕巧遇到了極品，你不能保證你永遠都會遇到極品。下次做事之前，麻煩你先站在別人的角度想想，謝謝。這不僅是為了別人好，也是為了你自己好。」

有些人真正的長大，不是因為年齡或經歷，而是源於有了孩子之後的那份想要保護孩子、為孩子遮風擋雨的心。

這就是親情最美的地方，為了家人而努力，讓自己變得越來越好。

「那些人好對付嗎？會不會給你造成什麼麻煩？」祁避夏問白秋。

白秋笑著搖了搖頭，「要是等你注意到這點，黃花菜都涼了。放心吧，能這麼輕易被查出來的人，根本不足為懼。」

用那位網路專家的原話來說，就是：「這群傻子以為會換個國外的代理ＩＰ就可以高枕無憂了，簡直天真到讓我和我弟弟不忍直視。拜託下次找我們的時候，換個有點難度的來吧！上網需謹慎，筆戰有風險，要是沒那兩把刷子還想玩陰的，就等著被肉搜吧。」

真正可怕的，其實是沒被查出來的那些人——針對白家、針對齊家、甚至是針對裴家，那些才是需要全副武裝、謹慎戒備的人。

第二天，經過白秋和阿羅親自操刀的新一輪言論就在網路上掀起了反擊。

最先開始的質疑聲音就是來自於祁避夏說過的：這麼過於刻薄的對待一個孩子，真的沒有問題嗎？

事實上，在對待祁謙的極端聲音裡，早已經有人開始這麼說了，討厭祁避夏就去罵祁避夏，如此惡劣的針對一個只有五、六歲的孩子，這是人幹的事？

只是那時的聲音還很小，此時藉著風勢，星星之火終於被吹了起來。

當初大部分人會因為佩珀爾「可憐」而指責祁避夏，現在他們也會因為祁謙「可憐」而指責佩珀爾和可歌。

其後，就是網路論壇上一個著名帳號的分析帖，帖子的中心點既不是祁謙，也不是祁避夏，而是特別犀利的一句：「說得好像沒有祁避夏不公，佩珀爾就能當冠軍似的。」帖子裡透過這一季《下一站超模》的官網資料對比，以及前面幾集佩珀爾一直墊後的成績，證明了佩珀爾得冠的機率本身就很渺茫。

這期的選手實力都是很剽悍的，尤其是冠軍加百列，她本身就已經是業內小有名氣的模特兒，硬照和臺步對比前幾屆的冠軍們也是十分突出的，再加上中性強勢的特點，被譽為新一代的女神，支持者數量不容小覷。

反觀佩珀爾，如果不是因為GAY這個特殊的身分，說不定都留不到前三。

加百列的粉絲在看過之後，就好像是被打開了什麼開關，一瞬間群情激奮了起來：佩珀爾不斷指責節目組不公，是在暗指加百列不如他嗎？

隨後，其他選手的支持者也捲了進來。本來他們都是懷著看戲的心情在圍觀這場罵戰，但被這麼一攪和，很多人也開闢了新思路：是啊，你佩珀爾指責節目組不公，是在說冠軍和亞軍都不如你嗎？我們看最大的不公其實是你吧，你某集的硬照還不如我家XXX呢，結果你進了前三，我家XXX卻沒進！

一時間，粉絲戰成一團，水被徹底攪亂了。

緊接著《下一站超模》的官方，針對可歌和佩珀爾於節目尚在錄製並未開播時就已經在大吐節目內容苦水的網路貼文，發表了聲明，依據賽前的保密協議，他們會提出訴訟，追究其相關的法律責任。

由此，網路論壇上又一道質疑的聲音出現了，如果祁避夏真的徇私舞弊，那他為什麼不利用洩密的藉口直接切了可歌和佩珀爾的鏡頭，還任由爭執內容播出呢？

網路上總有人愛唱反調，希望標新立異。先前的大環境一直說祁避夏為了兒子如何如何欺壓新人的爆炸性洗腦裡，自然會有人提出新質疑、新觀點，表達出一種眾人皆醉我獨醒的理智。

最後的殺手鐧，就是攻擊祁避夏的人千不該萬不該動用了L市愛莎這張牌，她本身還因為孤兒院大火的事情正遭受審查呢。祁謙出身孤兒院，性格孤僻的言論就是從她這個院長口中證實的。

那孩子為什麼在孤兒院裡會養成這種性格呢？再聯想到孤兒院不負責任的大火，想必大家心中已經有了答案。

內容環環相扣，節奏步步緊逼。很快，只缺一個藉口就能反嗆回去的祁避夏的粉絲們終於重新振作起來。東風壓倒西風，故事出現驚天逆轉，不外如是。

「我以前其實不怎麼喜歡祁避夏的，覺得他為人太狂又囂張。如今冷靜下來想想，保護孩子是父親的天性，這才是真男人。幹得好，祁避夏，衝著這點就挺你！」

「陛下好棒，父愛好感動！！嚶嚶嚶……欺負小殿下的人都什麼想法啊，孩子才六歲不到呀！」

「話說，覺得小殿下很萌的只有我一個人嗎？抱著泰迪熊的樣子太犯規了好嗎？別理網路上那些沒事幹鬧筆戰的壞人，來讓姐姐抱抱～」

這樣的言論不一而足，卻已經足夠祁避夏滿意了。

事件接近尾聲之後，白氏電視臺夏季準備推出來的親子節目也終於定了名字——《因為我們是一家人》。這名字取自C國一首很早以前就十分出名的美聲曲子，朗朗上口，好記又好唸，很多工作人員都表示，唸的時候根本就是唱出來了好嗎！

名字定了，離正式開機也就不遠了。

×月○日 **第五篇日記**

因為我們是一家人

歷時幾個月的前期籌畫，經過多方協調，白氏國際和白齊娛樂共同投資的大型戶外明星親子類真人秀《因為我們是一家人》，終於在四月的最後一個週末，承載著多位白氏電視臺高層的期待提前開機了。

《因為我們是一家人》的製作團隊，是由一手締造了《下一站超模》這個金牌節目的原班人馬，和一檔兒童真人秀《寶貝，寶貝》的總導演及其團隊聯合而成，擁有包括導演、場務、攝影、醫務等超過兩百人的龐大外景拍攝團隊，五十多個機位，採用全方位、無縫隙的紀實錄製方式，力求對得起「重金打造」這四個字。

家人搞定、經紀人搞定、檔期搞定、行李搞定、提前的劇本研讀會搞定……興奮的蠢爹祁避夏在心裡默默的數了一圈又一圈之後，才終於意識到他忘記了什麼——他兒子的同意。

遠在國外的搖滾天王裴越，就這樣再一次被凌晨打來的愛心電話吵醒了，才滾過床單睡下不久的一夜情對象對此表示很暴躁。

裴天王一邊低頭親吻安撫美人，一邊拿起電話用壓抑著怒火的沙啞聲音說道：「如果你的消息不是世界末日，或者我有生命危險，或者我老子死了，我就派殺手殺了你。」

一股霸道總裁氣息撲面而來。

「我忘記問兒子想不想上電視錄製節目了怎麼辦？QAQ」祁小天王不畏強權，一本正經的問道。

裴越那邊宛若殺意的強烈感情，已經能透過手機具象化出來了。

趕在裴越掛電話之前，祁避夏使出了殺手鐧，問道：「兩年前，我的成年party，需要我替你回憶下去嗎？」

一陣兵荒馬亂之後，裴越將本來還在他身下屈意承歡的美人趕去了隔壁房，然後才焦急的問道：「怎麼，終於暴露了嗎？」

「沒，我只是想善意的提醒一下你，我曾經為你做過什麼，好讓你不掛我的電話。」

裴越爆發了：「我跟你說，祁避夏，做人不能這麼忘恩負義，你也不想想當年是誰幫你順利從演員過渡成歌手的？又是誰和你一起酗酒飆車被抓上頭條的？還有，是誰和你一起被白冬大伯叫去辦公室罵的？嗯？你說啊！」

「我只知道我是你的小叔叔，兩年前我替你頂缸，差點被安娜大姐打斷了腿。」祁避夏根本不為所動，並且開始認真翻找手機的通訊錄，「你和那個人，二選一，今晚我總要聯絡到一個。」

「……早晚有一天我會派家裡的殺手殺了你！我是認真的。」裴越咬牙切齒，撂下狠話之後他就很遜的屈服了，「你說你為了你兒子這麼點破事就威脅我，值得嗎？真是一點當老子的威嚴都沒有。你也不想想，你和你兒子之間誰才是說了算的那個？！」

「我兒子。」祁避夏不假思索。

裴越為祁避夏的沒羞沒臊折了腰，「那你就這麼跟你兒子說——我們去錄節目的時候不用上幼稚園哦。相信我，你兒子一定答應。」

「我兒子能是這麼沒有原則的人？」

事實證明，祁謙就是這麼沒有原則的外星人。

隨著網路上的攻擊事件慢慢落幕，雖然祁謙不太瞭解到底發生了什麼，但他也敏感的察覺到一旦事情完了，他就該回幼稚園了。現在能用上節目的藉口擺脫幼稚園，簡直喜聞樂見好嗎？

「真不愧是你兒子。」阿羅一推眼鏡，如是說道。

祁避夏雖然是被精英教育長大的，但那並不代表他會喜歡唸書，用工作當藉口推掉上學的事情，祁避夏可沒少幹。

「說起來，你有多久沒去過大學了？」阿羅再問。

智商正常的二十歲的祁避夏，目前還是皇家電影學院的一名大三生來著。

祁避夏看天看地看祁謙，就是不敢去看阿羅的眼睛，他小心翼翼的問：「你猜我有多久沒去了？」

阿羅不猜，只是嘲諷道：「我很期待看你到底會用幾年時間從大學畢業。父子倆一起畢業什麼的，也算是佳話了。」

祁避夏：「……」

——蹺課怎麼了？我喜歡蹺課，逃使我快樂！

新曆四五四年四月二十六日，週五，清晨。

一組二十多人的拍攝團隊，攜帶著差不多有十臺的攝影器材，準時抵達祁避夏位於三十三天的豪宅。

「現在就開始拍了嗎？」祁謙問祁避夏。

「還沒，叔叔阿姨們需要準備一下。」

好比把大小各異的攝影機鏡頭安放在不同的位置，調試布光和麥克風收音延伸桿，為祁避夏父子上妝，裝領夾式無線麥克風和腰包發射器，以及錄製祁避夏坐在家裡介紹兒子的開場白。

《因為我們是一家人》採用的是現場拍攝和當事人幕後敘述解說交互穿插的模式，劇本一開始的鏡頭，就是四個明星家庭由明星在家中介紹自己的孩子。

「早安，C國的朋友。這裡是由祁避夏在《因為我們是一家人》的節目現場為您發出的報導。」鏡頭前的祁避夏，是那麼的自信、陽光，又笑容燦爛，「這裡是我的家，而這是我的家人，我的唯一，我一生的財富。」

環繞著祁避夏的攝影機，其中一臺緩緩轉向了客廳裡的相片牆，上面按照一個凌亂卻不雜亂，有序又不呆板的方式掛滿了大小不一、款式相同的白色相框，相框裡是祁謙從小到大的照片。

當初祁謙的光腦，為了替祁謙偽造出一個真實的地球人身分，也算是煞費苦心。它透過祁謙在α星真實的成長影像，和地球的一些場景，合成了一組絕對不會被人發現後製痕跡的祁謙成長史相簿，一直被祁謙妥善的保管在駕駛艙裡。

當祁謙從泰迪熊裡拿出相簿的時候，祁避夏也只是感嘆了一句泰迪熊驚人的容量，之後就忙著歡天喜地的把兒子的照片加洗一式兩份，一份珍藏，一份掛在了牆壁上供人欣賞。

「我的寶貝叫祁謙，今年五歲半。」

祁避夏的這句介紹，配的鏡頭是祁謙抱著泰迪熊從二樓下來吃早餐的場景，此時時針正好指到了九點鐘的方向。

平時都是七點半準時吃早餐的祁謙，為了配合拍攝，不得已選擇了在樓上提前墊一些零食點心。好吧，對於需要能量的α星人來說，多吃一頓算不得什麼迫不得已的事情，甚至他覺得要是能每天都這樣錄節目就好了。

一小段在餐桌上的親子互動之後，還會穿插祁避夏剛剛已經錄好的其他介紹。

不過對於祁謙來說，現在可沒有這樣的背景音，他只需要無視鏡頭，像往常一樣吃掉他眼前的一堆高熱量食品就OK。

餐桌上唯一的變化，就是飲料從可樂變成了牛奶，祁謙發現牛奶每一百克的熱量比可樂還高了十一大卡，滿心歡喜的決定以後就改喝這種白色飲料。

祁謙在此之前從未喝過牛奶，在孤兒院的時候，吝嗇的愛莎是絕對不會準備牛奶的，而一開始祁謙來祁避夏家的時候，喝的也是中式早餐裡特別傳統的豆漿，熱量極低。

祁避夏在心裡暗暗鬆了一口氣，他還以為替祁謙換了祁謙基本上都快當成水在喝的可

樂，祁謙會不開心呢，幸好沒有。要不是阿羅和助理小錢在一邊嘮叨說怕節目裡給兒子早餐喝可樂影響不好，他是絕對不會勉強他兒子喝牛奶這種邪物的。

祁小天王平生最恨的就是牛奶，沒有之一。所以他的身高才會死死的卡在一百七十九公分，雖然他一直都沒羞沒臊的悄悄踮一下腳尖堅稱自己是一百八十公分。

「知道我們今天要去幹什麼嗎？」吃完早餐之後，祁避夏對祁謙笑著問。

雖然祁謙很想回答「你最近幾天已經跟我重複了幾十遍接下來的行程了，能不能別廢話了？」，但他也知道現在是在拍攝節目，這種話肯定是不能說的，於是乖乖點頭回答：「要去探路。」

「真棒，謙寶還記得爸爸昨天說的話。」祁避夏一把摟過兒子，以迅雷不及掩耳之勢在祁謙嫩滑的臉蛋上親了一口。

祁謙第一百八十次在心裡提醒自己：你在錄節目，你要忍耐，你要是錄不成節目就只能去上幼稚園、聽蠢貨給你上課了。

攝影機背後的阿羅和助理小錢默默捂臉，心想：趁著節目占兒子便宜什麼的，真有你的啊祁避夏，不過你真的沒有注意到你兒子極力忍耐到已經想要殺人的目光嗎？

祁謙不怎麼喜歡和人接觸，無論是地球人還是α星人，他都不喜歡。好吧，正常的身體接觸，他還是可以接受的，他只是不喜歡讓人隨隨便便抱他或者親他，偏偏這些是祁避夏最渴望的。親一次、抱一次就算了，像是白秋那樣提前商量好，勉強也能接受，但是天天親、時時抱……這就太過分了吧！

所以祁避夏只能每天絞盡腦汁的和兒子進行攻防戰，結果現在被他發現在鏡頭前兒子意外的乖巧，他怎麼能不利用呢？必須把以前欠的都補上！

於是，祁謙的眼神徹底要殺人了。

《因為我們是一家人》一集內容大致分為兩大部分，第一部分是幾個明星的孩子分為兩組，獨立找到隊友會合之後，再一起根據提示前往家長的所在地。也就是說，在孩子出行的路上，明星家長是不能陪同的，他們只能坐在終點站一邊遠端觀看孩子的表現，一邊完成一些關卡式的遊戲。

旅行從週六早上開始，週五則是家長先帶孩子去探路，也就是「準備」階段。

當然，這種東西其實都是拍給觀眾看的所謂「準備」。實際上，祁避夏私下裡已經帶著兒子演練了好多回，直到祁謙表示很煩，祁避夏都沒有停止。

孩子在拍攝期間的安全，是肯定有保障的，畢竟每一個孩子身邊都會有至少雙機以上的拍攝系統，醫務後勤等更是一隊長長的大尾巴。只是，如無意外情況發生，這些背後的人是絕對不能干涉孩子行為的，好比孩子迷路了，他們不能提醒，只能等孩子自己發現，然後找路人問或者打電話向家長求助。

這其實是兒童真人秀《寶貝，寶貝》中偶爾會有的情節：孩子第一次獨立出門的珍貴回憶。在這方面《寶貝，寶貝》節目組已經有了十分完備的經驗，足夠讓明星家長放心。

……好吧，祁避夏是一點都不能放心的，他甚至曾一度想一路尾隨，結果被安娜大姐一

頓好打。

祁謙當初在聽到自己要獨自走時，對祁避夏說的是：「你別把自己丟了就已經很了不起了，不要再想一些已經超過了你智商的事情——好比照顧我，ＯＫ？」

四體不勤、五穀不分的祁小天王被全家鄙視得很徹底。

一天的準備階段結束之後，就輪到打電話聯絡小夥伴的環節了。

「妳好，我叫祁謙。妳是徐森長樂嗎？」

祁謙第一次分組分到的搭檔，是四個明星家庭中唯一的女孩——作家三木水的愛女徐森長樂。視訊電話裡，小女孩穿了一身漂亮的紅色唐裝，梳了兩個包包頭，五官清秀，笑容羞澀，卻已然能從眉眼間看出日後的美人影子了。

這大概是徐森長樂第一次跟陌生人講電話，有點拘謹，也有點不好意思，但是在那頭爸爸的期待下，最終還是鼓起勇氣開口道：「你好，我是蛋糕。」

一瞬間全場靜默。助理悄悄提醒，那是孩子的小名。

然後，基本上，在場所有人的心中都開始愉快的奔跑草泥馬了，哪個倒楣家長會為孩子取這樣的小名啊？特別是在對方還是個以賣字為生的作家時——大大你取名廢到這種程度你讀者知道嗎？

「妳……」祁謙看了一眼旁邊正一臉期待等著他報出自己小名的祁避夏，真的很想不說那個蠢名字啊怎麼辦？！但別的小名好比謙謙、小謙什麼的，又聽起來像是女孩子，最終在想到「即便自己不說，祁避夏早晚也會賣隊友」之後，祁謙視死如歸的用他的小名斷絕了一條本來暢通無阻的桃花線，「可以叫我謙……謙寶。」

這次輪到那頭詭異的沉默了。

再一會兒，內向安靜的蛋糕公主原形畢露，絲毫不給面子的哈哈大笑起來：「爸爸，他的小名好蠢啊！比我的還蠢！」

「ㄚ頭，我們這麼說自己的名字蠢真的可以嗎？」

清洌的男聲跟著從電話裡傳來，那聲音是大神三木水。

三木水原名徐凌，是世界文學獎和承澤親王文學獎的雙料獲獎者晴九的親戚，曾一度被媒體渲染為最有可能代替英年早逝的晴九扛起C國傳統文學的男人，可惜後來這個男人去寫網路小說了。很多人都不理解三木水當時的選擇，然後他用第一年五千萬版稅、連續十年C國作家收入排行榜第一、擁有多部經典影視改編作品的驚人成績，成功堵住了所有人的嘴。不過，三木水為人一向低調，不怎麼出席活動，不接受媒體採訪，更拒絕做任何形式的廣告。

《因為我們是一家人》能請到三木水，實在是一件讓很多人都瞠目結舌的事情。當然，這也成為了節目未播先紅的爆點之一。因為三木水不僅文筆好，長相和身材也是可以比擬一線男星的。

回到祁謙和徐森長樂的第一次聯絡，最終以祁謙惱羞成怒掛了電話的嘟嘟聲落幕。

特意跟來控制節目進度的總導演李杜默默的讓小助理記下，這裡後期處理時一定要加一

排賣萌可愛的幼圓字體——「出師未捷，殿下和公主的第一次建交，失敗」，以此緩解現場尷尬的氣氛。

過了幾分鐘，大概那頭三木水大神「教導」了女兒一番，徐森長樂選擇打來了賠禮道歉的電話。

唐裝娃娃對著SD娃娃真誠的表示：「你大名還是很好聽的。」

「妳的大名倒是和小名一樣奇怪。」祁謙實話實說。

除夕告訴過他，C國人一般都是兩個字或者三個字的名字，很少有三個字以上的，除非是複姓。但「徐森」很顯然並不是複姓，也就是說蛋糕公主姓徐，名字叫森長樂，怎麼想都很奇怪吧。

第二次建交，失敗。

這次輪到祁避夏「教導」自己兒子了。徐森長樂之所以姓徐森，是因為她有兩個爸爸，一個姓徐，一個姓森，她的名字只是「長樂」而已，取義長樂未央，快樂永不結束。

「So?」祁謙表示他又不僅僅是因為對方名字奇怪才說實話的，他只是回敬對方的嘲笑而已。記仇這種事情呀，是不分國籍，也不分星籍的。

節目一時陷入僵局。

兩個孩子沒能快速成為朋友，這是所有人始料未及的，因為祁謙和徐森長樂還是親戚來著。徐森長樂的爸爸三木水的表姐叫常戚戚，也就是白家大姐白安娜那個愉快的當了蕾絲邊的女兒齊雲靜娶回家的妻子。

所以三木水才會答應上這個節目，也所以劇組會特意把還沒有適應節目節奏的兩個孩子分在一組，寄希望於他們的親戚關係來合作愉快。

結果根本愉快不了。

最終拯救陷入僵局的人，還是祁避夏。他對祁謙說：「如果從輩分上細算的話，你可是徐……我是說蛋糕的小叔叔。作為長輩，是不是應該讓讓小輩？作為小紳士，是不是應該讓讓小淑女？」

祁避夏雖然年齡小，但輩分卻很高。

這麼想來，莫名長了一輩的祁謙，突然有了那麼一股神奇的責任感，就像是白秋和白安娜喜歡他、願意接受他一樣，他覺得自己也應該大度一點，去努力喜歡並接受徐森長樂這個姪女。

於是，第三次建交在祁謙的主動下，得以順利完成，兩個小朋友終於能好好說話了，甜甜的約好了明天飛機上見。

祁謙九點上樓睡覺之後，拍攝卻還沒有結束。因為祁避夏要和導演李杜帶著一半的工作人員，連夜飛往《因為我們是一家人》第一集的外景地蓉城，為第二天做準備。而劇組需要拍攝幾組孩子熟睡、祁避夏依依不捨離開孩子的畫面。

趁著準備的空檔，阿羅上前跟李杜導演交涉，希望能把「祁避夏對祁謙解釋他和徐森長樂的親戚關係」的那段剪掉，這是不能播出的隱私。

世家之間的親戚關係盤根錯節，仔細算下來誰都能和誰扯上那麼一段八百年前是一家的歷史，而為了不暴露太多並不想上電視的中間人，好比齊家，這段就肯定是不能播的。

李杜導演也是知道輕重的人，刪去他出身白齊娛樂的歷史不說，只說他目前手上企劃最成功的節目《下一站超模》可是白氏電視臺力捧出來的結果，他就不可能不給白家和齊家面子。事實上，早在之前聽到齊家二字的時候，他就已經在心裡把那段情節抹去了。

到時候電視裡播出來的，只會是祁避夏的「紳士論」，在爸爸講過道理之後，小殿下主動向妹妹和解，並開始學會了照顧妹妹的美德。

這就是後期的魅力，透過鬼斧神刀的剪輯，能將「真相」拼湊得連當事人都不認識。

第二天早上，各個明星寶寶就在或明或暗的攝影鏡頭下，由家中另一個家長叫起床開始準備出門了。

單親家庭的祁謙，只能由家裡的管家完成這一任務。本來劇組的意思是如果能請到家裡別的親戚自然是最好的，但等安排劇本的導演細細想了一遍祁避夏剽悍的親戚們之後……他就乾脆的選擇了管家。

其實要是裴越在國內，導演就是死皮賴臉地磨，也會力求把這位超高人氣的歌神請入鏡。奈何裴天王現在正在國外忙著全世界巡迴演唱會，實在是愛莫能助啊～

——我最後一句絕對沒有笑得嘴角都往上揚，真的！BY：裴越。

在鏡頭下洗漱吃飯，自己掛腰包發射器，別領夾式麥克風，這些經歷對於祁謙來說都是第一次，但他卻表現得十分鎮定。

隨隊的副導演在心裡讚了一句真不愧是星二代。他以前負責《寶貝，寶貝》時，接觸過不少普通人家的孩子，其中也有機靈可愛的，卻很少有能做到祁謙這樣的，沒什麼特別誇張的人來瘋又或者是過於內向的束手束腳，能逼真的做到假裝鏡頭不存在，卻又無論鏡頭拍攝他的哪個角度都保證了完美，讓人省了很多事。

但很快副導演就發現，省事也不見得是什麼好事，因為省事的代名詞往往是沒有爆點。《因為我們是一家人》主打是明星親子互動和孩子天真的童言童語，他們甚至都在期待著孩子偶爾嬌憨蠢萌的舉動。

但祁謙卻……不要說爸爸一夜之間不見了的驚慌失措了，哪怕是祁避夏早早打來電話，祁謙也是淡淡的，父子之間的互動基本上就是蠢爹祁避夏說一長串，然後祁謙給一句不鹹不淡的「哦」。

雖然說反差萌也是一種萌，但這對父子的反差未免太大了吧？

副導演終於明白阿羅告訴他的「祁謙這個孩子話比較少」到底能少到何種程度，領夾式麥克風基本上成了擺設。

祁謙按部就班的活像個機器人，當指標指向八點半的時候，都不用工作人員提醒，他自己主動揹好了小書包，戴上谷娘眼鏡，手抱泰迪熊、脖子上掛著手機就出門了。在門外等待祁謙的，是祁避夏名下出鏡過一次的直升機。

《下一站超模》的事情漸漸平息之後，不少祁避夏的粉絲歌迷紛紛表示，陛下的直升機簡直不能更炫酷，和小殿下配在一起就更棒了。

於是劇組就順應觀眾的期待，再一次出動了祁避夏帥氣的直升機，從三十三天直接飛往LV市的國際機場。

就在所有人都覺得一切順利的時候，等在候機大廳的祁謙終於喜聞樂見的出錯了。

副導演默默的在心裡譴責自己，怎麼能用「終於」和「喜聞樂見」這兩個詞呢？這樣不好，很不好啊～～

事情的起因源自……個頭。

祁謙要搭乘的是從帝都飛往蓉城、會在LV市進行轉機的東方航空MU01。徐森長樂下了飛機之後，會透過轉機通道來和祁謙會合。

LV市機場的乘客輸送量為世界第三大，無論是哪個航站的候機大廳都是人來人往，異常嘈雜的。祁謙就在這樣的大背景下，乖乖的坐在座椅上，拿著手機和徐森長樂聯絡。

那頭的徐森長樂表示：「我已經到了，你在哪裡呢？」

祁謙也表示：「我也已經到了，就坐在左起第三根柱子旁邊的椅子上，妳呢？」

徐森長樂數了數柱子，呆住了，「不對啊，我也在第三根柱子旁邊的椅子上啊，但是沒看見你。」

祁謙左右張望，「我也沒看見妳。」

無論是兩邊的攝影機，還是遠在蓉城遠端視訊的明星家長，都已經笑得肚子疼了，因為一個很簡單的烏龍——祁謙和徐森長樂分別在柱子的前面和後面，背對背。

節目組放任了這個烏龍，甚至是有意安排兩邊的工作人員盡量別被另一個孩子發現。兩個孩子也都很固執，堅持說自己就在第三根柱子那裡，是對方數錯了柱子。然後他們又同時感覺到了對方是不是在柱子背後，起身，順時針同步繞著柱子走了一圈，自然還是看不到彼此。

旁觀的人已經笑得眼淚都出來了，兩個小孩卻還在苦惱，小夥伴到底在哪裡呢？最終還是徐森長樂先反應過來，告訴祁謙「你別動，我去找你」，這才和祁謙會師成功。這倒不是說徐森長樂比祁謙聰明，而是徐森長樂最先發現了祁謙那邊的攝影機，進而明白了其中的問題。

因此，祁避夏迎來了第一次懲罰。

節目組為了增強分隔兩地的明星家長和孩子之間的互動，設置了懲罰項目，當孩子在鏡頭那邊做錯事後，家長就要在這邊接受懲罰。一開始明星家長們都一起坐在位於地面的椅子上，每當孩子做錯一件事，椅子就會升高一格，再做錯，再升高，直至孩子到達蓉城水上樂園找到他們，那時家長就會從他們所在的高度驟降，體會一把自由落體的快感。

目前米蘭達升得最高，她那個四兒子福爾斯早上不起床又拒喝牛奶，反正各種折騰，於是就苦了米蘭達。

而因為祁謙早上的良好表現，讓祁避夏至今還坐在地面上，不過現在他終於要升上去一格了。

椅子緩緩上升，祁避夏遇到了與他一般高的三木水，那是個看外表感覺很冷情的男人。

「喲～」祁避夏主動打招呼。

祁避夏和三木水以前有過合作，當年他當童星的成名作《孤兒》，正是三木水最早的成名作之一，那是年輕的三木水第一次獨立當電影編劇。

三木水冷淡的點點頭，眉頭緊縮，神色緊張。他之所以升上一格，是因為女兒早上起床後終於意識到「這次兩個爸爸都不會陪她，她只能自己一個人出門」到底是什麼意思，哭得撕心裂肺，怎麼都不肯離開家。雖然後來還是被哄住了，但她表情一直懨懨的。

「很擔心？」祁避夏倒是不介意三木水的冷淡，他知道對方的性格本就如此，並不是有什麼惡意。現在大家又同為人父，他覺得他很能理解對方此時的心理。

三木水再次點點頭，「見笑了，我有懼高症。」

「……」祁避夏默默的看了一眼腳下離地不過一公尺的距離，懼高？

「你沒耍我？」祁避夏不可思議的看著三木水。

「耍你什麼？」這次輪到三木水不可思議的看著祁避夏了。

他當年特意拜託表姐常戚戚用齊雲靜的關係，請到當時已經是小有名氣的童星祁避夏來拍《孤兒》時他就知道，祁避夏注定會因為他跳脫出框架之外的獨特思維，在演藝圈大放異彩，但現在看來也正是因為祁避夏這份過於特立獨行的思考方式，讓人很難跟上他的節奏。

「你懼高？」在祁避夏看來，三木水才是不太容易理解的那個，「比起一公尺的懼高，你確定你不應該擔心一下你那不久前才哭過的女兒？」

「第一，你以為我是為了什麼要拿下眼鏡的？第二，是的，我確定我不擔心。」

鏡頭裡，蛋糕公主已經迅速和祁謙打成一片，一改上飛機之前的鬱卒與失落，語氣歡樂到讓人不忍直視，一直像個小太妹似的調戲著祁謙：「你長得可真漂亮啊，比我的芭比娃娃還漂亮，我能摸摸你的臉嗎？」

「=□=」←這是祁避夏徹底被驚嚇到的表情。

祁避夏有點拿不准這個時候對著鏡頭大喊一句「放過我兒子」會不會不太合適。於是最後他只能無奈的轉移話題：「你早就料到你女兒會有這個反應了？天吶，你是怎麼做到的，神技嗎？」

「我個人更喜歡把這稱之為『經驗』，或者『父親的種族天賦』。」三木水道。

誰的女兒誰知道，早在看到祁謙的照片時，三木水就有了預感，他女兒會「愛死」祁謙的。無論是昨晚的羞澀，還是故意引起對方注意的小「衝突」，都是再充分不過的證據。他當年真該狠心禁止女兒和表姐常戚戚接觸的，小說大神第一千零八次的在內心後悔道。

「你們C國不是有句古語叫『小孩的臉，四月的天，說變就變』嘛，多和你兒子相處一下，相信我，你大概很快也能 get 到這項父親特有的讀心技能了。」

不遠處的另外一個明星爸爸也加入了討論，那是來自A國的動作巨星赫拉克勒斯，曾是A國的健美先生，後來被一部動作電影邀請去當了男主角，一夜成名，其短寸頭的螢幕硬漢形象深入人心。

赫拉克勒斯一看就屬於不好惹的類型，事實上也證明了他確實不好惹。

「如果知道你也參加了這個節目，我一定不會答應邀請。」這是不久前赫拉克勒斯對祁避夏說過的話。

而祁避夏的回答則是：「哦，真是不巧啊，我正是因為你要參加才特意來的。希望你過大的年齡還沒有健忘到正是拜你所賜，我最後成為了一名歌手，而不是演員。多謝七年前你的『照顧』，我一定會償還這份『恩情』的，請務必讓我幫你也轉型一次。」

赫拉克勒斯不好惹，他祁避夏就好惹了嗎？他已經是不是十三歲的小孩了。

回憶被一句女聲打斷。

「嘿，紳士們，你們有沒有覺得你們在下面討論育兒經討論得火熱時，放我一個人在上面會顯得比較可憐？」高處不勝寒的米蘭達透過耳機說道。

所有人因此大笑了起來，就像普通的朋友相處那樣，每個人在鏡頭前都顯得真誠極了，又熱情又耀眼。而這，正是名為「明星」的生物所必會的生存技能，哪怕是被媒體譽為「壞小子」、「行事囂張」的祁避夏也不例外。

◎◆◎◆◎◆◎

當明星家長們在蓉城這邊傾情演出時，孩子們也終於前後抵達了蓉城不同的兩座機場。

因為飛機訊號問題，攝影機只能忠實記錄孩子們在飛機上的表現，不能即時遠程轉播。等飛機降落之後，各個副導演會把孩子是否出錯的表現告知外景地的總導演李杜，進而調整明星家長們的椅子高度。

祁避夏沒有升高椅子，但他還是對兒子在飛機上的事情很好奇，他決定等見到兒子之後一定要好好問問他。

但祁謙卻已經打定了主意，這輩子都不再回憶飛機上的事情，因為跟一個精力充沛的五歲小女孩一起坐飛機的感覺，無異於兩個字——地獄。

祁謙就是在那次旅行之後堅定了自己關於「徐森長樂的小名不應該叫蛋糕，而應該叫十萬個為什麼」的想法……

「你為什麼長得比女孩子還漂亮？」

「遺傳。」

「你說我們坐的飛機為什麼能飛在天上？」

「流體力學。」

「天空為什麼是藍色的？」

「折射。」

「你為什麼會知道這麼多答案？」

「看書。」

「那你喜歡我嗎？」

「還好。」

經過一趟航班的折磨之後，下了飛機的徐森長樂愉快的對祁謙說出她的結論：「你真是

個好朋友！」

這次終於輪到祁謙在短暫的錯愕之後問：「為什麼？」

「因為你會認真回答我的每一個問題，別人就不會這樣，要麼不理我，要麼敷衍我，要麼他們也笨得不知道答案。我決定了，我要跟你當一輩子的好朋友！」

「……」可是我不想和妳當朋友啊！我真傻，真的！竟然會為了節目而收起自己往常那套不理別人好讓別人閉嘴的好辦法。

祁謙本來因為《全宇宙最後一個地球人》這部動畫是改編自三木水的小說，而對能見到原作者保有一份期待的，但現在卻已經完全不期待了呢。

「妳需要的不是朋友，而是谷娘眼鏡。」

徐森長樂反應了一下之後又開心的笑了起來，「噢，你可真幽默！」

「……」跟地球人交流果然很困難。

蓉城水上樂園這邊的明星們再次笑作一團，米蘭達表示：「快看，小殿下要暴走了。」

結果沒等祁避夏開口，三木水倒是淡淡的來了一句：「還沒到時候呢。」

鏡頭裡，徐森長樂從自己粉紅色的蕾絲小書包裡拿出了爸爸讓他送給祁謙的禮物——貓耳髮圈，「爸爸說下飛機之後要找我們一人戴一個，顯眼，方便找到對方，不可以不答應，這是為了保證安全。」

「現在他估計要暴走了。」三木水依舊是一副平波無瀾的表情配上平波無瀾的語調。

祁避夏顫抖著手指著隔壁的三木水，「你、你、你——幹得實在是太漂亮了！嗷嗷，兒子配貓耳什麼的也太犯規了！」

三木水點頭表示贊同，「小兔子也不錯，再加上爪子、尾巴、鈴鐺的配套就更好了。」

網路小說家，再大的神也都通用的一個形容詞——悶騷宅男。

祁避夏的耳機裡傳來了阿羅的聲音：「你給我注意一下形象啊混蛋！我一點都不想等節目之後處理你有奇怪戀童癖的八卦！」

然後祁避夏的手機就響了，來自祁謙。

這是節目組預定好的環節，當孩子下飛機之後他們會聯絡父母，詢問他們接下來要去的地方。而明星父母們則在一開始的遊戲環節已經決出了勝負，贏的一方可以給孩子下一站明確的地址，輸的一方則要接受購物懲罰，當孩子買對了採購清單上的東西之後才能得到下一站的地址。

祁避夏緩慢的對兒子講解著遊戲規則。

「你輸了對嗎？」祁謙一針見血直接問道。

「……兒子，爸爸對不起你！QAQ」

四體不勤的祁避夏，加上四體更加不勤的宅男三木水，可想而知他們會輸得有多慘，哪怕對方一組裡的米蘭達是女性，身體上的天然優勢也還是沒能讓這兩個大男人贏過一男一女的組合。

「幸好我已經知道你在哪裡了，不需要提示。」祁謙如是說。

「誒？！！！」這次包括總導演李杜在內的人都震住了。

「你、你怎麼知道的？」祁避夏根據導演的提示趕忙提問。

——兒子，爸爸知道你智商高，但不知道你還有掐指一算的特殊技能啊！

「這個世界上有一種科技叫衛星定位。」祁謙敲了敲自己的谷娘眼鏡。

為了怕祁謙走丟，祁避夏特意用手機綁定了祁謙身上所有能綁定的機器，手機、谷娘眼鏡，甚至是祁謙手上戴著的那塊兒童手錶裡都有一個訊號接收器。

反過來，祁謙也能透過這樣的定位連結，直接在和祁避夏打電話的時候，用谷娘眼鏡迅速定位祁避夏。

這是所有人始料未及的，成年人知道這些高科技的存在，但他們不知道五、六歲的孩子也已經能夠熟練運用了。

等祁謙掛了電話之後，祁避夏半是尷尬半是驕傲的表示：「我好像忘記說了，我兒子的智商初步估算在一五〇以上。」

如果不是現在攝影機開著，李杜導演覺得他都想上去扁祁避夏了。

——這不是坑爹嘛！這麼重要的事情你不提前說！照祁謙那個速度，估計他們可以一起坐下來吃午飯了……那後面本來涉及了一天的找爸爸環節要拿什麼來填補啊混蛋！

「東西還是要買，那是以後很有用的道具。」李杜只能想盡辦法拖延時間，本來是沒有這個說法的，但現在沒有也得有了。他對一個助理說道：「你趕緊安排，將購物清單上同樣的一套東西買好了放在米蘭達和赫拉克勒斯的孩子即將到達的地方，說劇組一開始的安排就是這樣，贏家不用買東西，劇組直接準備好。GO、GO、GO，動作起來！」

祁避夏在導演確定了救場方式後，這才趕忙打電話給兒子：「謙寶，即便你知道爸爸在哪裡也是需要買東西的，因為……」

「因為那是接下來很重要的道具？我已經猜到了。」此時不那麼情願的戴著小黑貓耳朵的祁謙，正領著小白兔蛋糕一起乘坐機場大巴，前往蓉城最大的連鎖超市，「我會在買齊東西之後和你會合的，我有數，你放心。」

「這你也猜到了？」

「要不你特意留給我三百塊錢做什麼？」

每個孩子身上都只有三百塊錢，那是他們買東西、吃午飯還有找到水上樂園的車費。祁謙在從副導演手中拿到購物清單之後就已經粗略算過了，為了以防錢不夠，所以他們才會選擇機場大巴，而不是搭計程車。

「……不對，你會自己坐機場大巴？」

「我會問。」

「……」

水上樂園裡聽到談話內容的大人們都沉默了，他們本來還害怕劇組設計的環節對於孩子來說太難，但現在看來根本是太過簡單了。

「祁謙哥哥超級厲害的！」徐森長樂興奮的聲音從手機那頭傳來，小丫頭已經開始有成為祁謙第一個腦殘粉的趨勢了，「爸爸你和祁謙哥哥的爸爸要乖乖等在惡魔的巢穴喲，我會和祁謙哥哥去拯救你們噠！是不是很厲害？」

這個時候也就只有小說大神三木水有心情跟女兒說：「嗯，那爸爸就等著勇敢的小公主來救我了。玩得開心點。」

「好～」

坐在高處的米蘭達莫名的有了一點小憂傷，因為她那個呆兒子下了飛機之後的第一反應是賴在機場的眼鏡青蛙速食店裡，用那三百塊錢吃東西。貨比貨得扔，人比人得死啊！同樣是孩子，差距怎麼就這麼大呢？！

祁謙帶著徐森長樂乘坐機場大巴到達蓉城市中心最大的超市「天天生活」時，時間是上午十點半。

導演本還指望購物清單上那麼多幼稚園小朋友應該沒學過的字，還有超市龐大的貨物量能拖祁謙一段時間，但很快他就發現自己還是太天真了，可愛的孩子加上一排攝影機，足夠超市裡出現大把熱情周到的工作人員幫祁謙集齊他所需的東西。

劇組讓孩子們買的東西其實並不古怪生僻，都是日常會用到、見到的，只是多而雜。但這些在歸類有序的超市和熟知超市東西擺放的工作人員面前，也就算不了什麼了。

等祁謙買到清單上全部的東西時，時針也不過才指到十一點。

鏡頭那邊的李杜導演表示很鬱卒，然後他決定遷怒，再一次升了祁避夏的座位，理由是祁謙找工作人員幫忙太多，雖然遊戲規則是允許孩子去找路人求助的，甚至鼓勵孩子能勇敢的去和陌生人交流，但幫忙太多養成孩子的惰性，太依懶別人也不可取。

「我被遷怒了，對嗎？肯定是遷怒，因為我兒子太聰明。」

祁避夏是這樣打趣的與他的難兄難弟三木水說的。兩個孩子是同一組的隊員，要罰自然也是一起罰。

三木水什麼都沒說，因為他的懼高症更嚴重了。

就在祁謙和徐森長樂正準備帶著東西愉快的去排隊結帳時，他們遇到了另外一組的三個孩子。

動作巨星赫拉克勒斯的兒子們是一對長相精緻的混血雙胞胎，哥哥穩重，弟弟活潑，一個家庭最期待擁有的標準配置。

米蘭達的四兒子福爾斯是雙胞胎的搭檔，他負責……搞笑，從他球一樣的身材裡就能看出他的角色定位。

沒人能料到祁謙會在下了飛機的第一時間就用谷娘眼鏡定位了祁避夏的所在地，也沒人能料到負責搞笑部分的福爾斯會把寫有第一站地址的紙弄丟了。

這可就一點都不好笑了。

兩組孩子，一邊是高歌猛進就差買齊東西直奔目的地，一邊卻連第一站都不知道要去哪裡，兩者差距太懸殊，劇組的節目也不好做。於是，在劇組不甚明顯的刻意引導下，丟了地址也需要自己重新去買東西的福爾斯組成功在超市「巧遇」了祁謙組。

「是你！」

福爾斯一眼就認出了祁謙，這倒不是因為米蘭達和祁避夏的關係，而是因為……

「你是路易在草莓班的同學。」

祁謙也認出了滾滾而來的福爾斯，他的身材實在是太顯眼了，「你是比路易高一年級的男朋友。」

路易就是祁謙在幼稚園草莓班裡對老師說「妳還沒找到男朋友嗎？真遺憾，我有了呢」的同學。

「是啊、是啊，他是我男朋友。你怎麼在這裡？好巧。」

哪裡都感覺肉肉的福爾斯笑起來也是一團和氣的討喜模樣，他對每一個認識的人都會發自真心的好。這就是米蘭達會把他稱之為小天使的原因，他的外表和身材都不是米蘭達一眾兒子裡最出色的，但他的心地卻是最柔軟的。唯一的缺點就是太愛吃，以及不夠細心。

「他們就是另外一組的孩子，福爾斯。」雙胞胎中的弟弟阿波羅上前開口道，那是個金髮碧眼，像金子一樣閃亮的男孩，「我們的競爭對手。」

福爾斯很喜歡這對雙胞胎，因為即便他弄丟了地址，他們也沒生氣，哪怕是脾氣火爆的阿波羅，也只是跟他吵了幾句之後就在兄弟阿多尼斯的勸解下來跟他和好了。他們還在跟家長打電話時主動說是他們一起弄丟了紙條，最後他們得到了買齊購物清單上的東西就能再次拿到地址的交換條件。

不過，福爾斯必須老實承認，阿波羅什麼都好，就是脾氣太衝，以及競爭心太強。

幸而……

「你們好，我叫阿多尼斯，這是我弟弟阿波羅，這是福爾斯。」雙胞胎中的哥哥無論是長相、身高和阿波羅都是一模一樣，除了黑髮黑眸，十分容易分辨清楚誰是誰。他是唯一能管住阿波羅的人。

但是……

祁謙淡淡的看了一眼對方，並不打算搭話，因為阿波羅的態度。

「你好，我叫徐森長樂，你們可以叫我蛋糕，這是祁謙哥哥。」徐森長樂已經笑著上前主動打招呼了。

坑死隊友，不留活口什麼的，實在是太適合形容福爾斯以及徐森長樂了。這兩位一個是理想國的快樂胖子，一個是童話世界的蛋糕公主。

阿波羅和祁謙臭著臉，同時拉住了自己的隊友，重點強調道：「這是比賽！」

鏡頭那邊的明星家長們的關注點卻怎麼都沒辦法集中在孩子們的好勝心上，因為……

「妳兒子剛剛在全國觀眾面前出櫃了，妳意識到了嗎？」

米蘭達默默的點了點頭，「意識到了。」

「需要……呃……」

「不用剪掉，我尊重他的選擇。無論是異性戀、雙性戀，還是同性戀，他都是我兒子，那都是最真實的他。福爾斯上的幼稚園很早就開始教孩子兩性知識，我很高興他能這麼直白且勇敢的面對自己與別人的不一樣。」

米蘭達最終是含著淚光笑著說出這段話的，至於表演成分到底有多少，這個就只有她自己知道了。

時尚圈十男九GAY，蕾絲邊的女模特兒也比比皆是，還需要說更多嗎？
這段影片播出去之後，在網路上的反響十分不錯，大部分人都覺得米蘭達是個很稱職的母親，至於少數的恐同言論……米蘭達管他們去死，同性戀的婚姻早在一百年前就合法了。
而在某知名雜誌的調查中，米蘭達的受歡迎程度有了一個質的飛升。
鏡頭那邊的五個孩子，最終沒能如阿波羅和祁謙所希望的那樣分道揚鑣，反而聯合在了一起。
「我們都是要去救爸爸媽媽的，不是嗎？」福爾斯這樣說。
「大家一起行動比較安全。」這是阿多尼斯說的。
「為什麼救爸爸媽媽還要競爭呢？他們的錢不夠了，好可憐的，祁謙哥哥，我們不是還剩下很多錢嘛？幫幫他們吧！爸爸說要做個助人為樂的好孩子。」蛋糕公主用一雙大眼睛可憐兮兮的看著祁謙，每次她對大人用這招都會特別受用。
祁謙和阿波羅同時長嘆一聲表示妥協。
然後他們瞪向彼此，開口：「你別學我！」
「我才沒學你，是你學我！」X2
「你再這樣我生氣了！」X2
「你！」X2
那邊圍觀的三個孩子還有鏡頭後面的家長們再一次笑開了，針鋒相對的小朋友什麼的，意外的很可愛啊！

李杜導演默默記下了以後分組有機會一定要把祁謙和阿波羅分在一起，那會很有看點。

「你們為什麼也要來購物？」祁謙最終決定無視那個討人厭的弟弟阿波羅，只和哥哥阿多尼斯交流。

阿多尼斯的敘事能力很強，一點都不像個七歲的孩子，C國話說得特別好，口齒清晰，又表達流暢，把前因後果簡單的講了個清楚明白。

順便插一句，劇組安排福爾斯和雙胞胎一組的本意是覺得福爾斯也是個AC兩國混血，應該會講A國話，和從小生長在A國的雙胞胎會比較容易交流。結果福爾斯根本不會說A國話，簡單的一句「你好，我叫福爾斯」都說得磕磕絆絆，反倒是雙胞胎都能說一口流利的C國話，據說是跟他們的母親學的。

祁謙在阿多尼斯說完之後，也簡單說了一下自己這邊的情況。在買完購物清單上的東西之後，他和徐森長樂的錢也已經沒有多少了。因為他還多買了一個拉桿行李箱，劇組給的清單上的東西實在是太多了，根本拿不動，最起碼小孩子是不應該能拿動的。

劇組其實一開始根本沒打算讓孩子們把那麼多東西拿到別的地方，只是雜七雜八的讓他們買一些東西，考驗孩子獨自購物的能力而已。但後來因為祁謙打破常規尋找爸爸的方式，劇組只能臨時修改遊戲內容，情急之下就忽略了購物清單上的東西根本不是孩子能夠拿得動的。幸而祁謙自己解決了這個問題。

但是阿多尼斯他們就沒有祁謙這麼幸運了，他們手上的錢只夠在「買齊東西」和「拉桿箱」之間二選一。

「我們的拉桿箱放不下更多的東西了。」祁謙買拉桿箱時，是嚴格按照要買的東西所能盛放的空間選擇合適的尺寸，因為尺寸不同的拉桿箱，價格也會有所差別。

「都怪我，不該去買那麼多吃的。」六歲半的福爾斯還是個敢於說哭就哭的年齡。

「這不是你的錯，你只是餓了，總不能一直餓著吧？」大哥哥阿多尼斯上前安慰道。

弟弟阿波羅也彆扭的說了句：「如果不是我執意要搭計程車，我們的錢也不會不夠。」

從市郊機場搭計程車到位於市中心的超市，那個車資可想而知了。

「祁謙哥哥……」蛋糕再次對祁謙發動「可憐兮兮的眼神」技能。在她看來祁謙就是無所不知、無所不能的，她相信祁謙一定能想到辦法。

眼見著五個孩子裡就要出現三個淚包，祁謙最終無奈的掏出了手機。

鏡頭這邊的明星家長們，也在期待著祁謙這個高智商的孩子會想到什麼解決辦法，祁避夏覺得祁謙這回肯定是要打電話向他求助了，他很慶幸自己已經想到了解決辦法，就是讓祁謙去把小箱子退了，換成布料的拉桿包，裝東西的容量比拉桿箱大，價格還十分便宜。

但很可惜，祁謙根本就沒指望過祁避夏，他打電話求助的對象是遠在Ｓ市的大伯白冬。之前白冬去ＬＶ市出差時見過祁謙一次，這可是個比祁避夏看上去可靠太多的大伯。

「大伯，我需要一個拉桿箱。」

正在開會的白冬臨時暫停了會議，走出會議室問道：「你不是在蓉城錄節目嗎？」

白冬雖然很忙碌，卻因為擔心祁避夏的不可靠，而一直對祁謙的行程了然於心，以備不時之需，好比此時此刻。

「嗯，但現在沒錢了，卻需要一個拉桿箱，最好還有一輛車。」

「你們在哪裡？」

「蓉城最大的超市天天生活。」

「等著。」說完，白冬就掛斷了電話。

五分鐘後，天天超市的總經理帶著人和拉桿箱匆匆趕了過來。白氏集團旗下的分公司涉及各行各業，其中全球最大的連鎖超市天天生活正是其中之一，和白氏的購物中心總會捆綁出現。

祁謙之所以選擇天天超市，就是本著肥水不流外人田的想法，現在正好一箭雙鵰。

最後，當五個孩子乘坐著黑色加長車到達水上樂園的時候，正應了總導演李杜一開始的預料，他們可以坐下來一起愉快的吃午餐了。

——一點都不愉快好嗎？下午要幹什麼啊混蛋！！！

李杜徹底抓狂了。

雖然導演不知道下午要做什麼，但現在要做什麼他還是知道的——懲罰環節。

看著父母因為自己的過錯被從高空墜下，這可實在是算不得什麼好的感受。在主持人大明哥哥的解釋下，多愁善感的福爾斯再一次哭了起來，然後連帶著蛋糕也哭了：「你們不能

這麼對我爸爸，你們都是壞人，我不參加節目了，我不要爸爸掉下來！」

「我能替我爸爸從上面掉下來嗎？」阿多尼斯對主持人大明哥哥問道。

阿波羅跟著說：「是我們犯的錯，該受懲罰的是我們。」

祁謙雖然什麼都沒說，但抱著泰迪熊的他也是跟著點了頭的。

導演李杜表示，總算有個環節是按照劇本走的了。孩子不想父母為自己的錯誤受懲罰什麼的，簡直不能更窩心，相信會有很多人喜歡這樣的劇情。

然而，這項懲罰還是必須進行的，只不過能夠降格。主持人大明哥哥繼續對孩子們講規則：「你們每說一件自己今天犯過的錯誤，你們的爸爸媽媽就會降下來一格，每人十分鐘的思考時間，五分鐘回答。」

祁謙看著基本上沒升幾格的祁避夏，皺起了眉，今天有犯什麼錯嗎？不應該啊。

最終祁謙也還是沒能想到自己哪裡犯錯了，而其他四個孩子也都很少能想到自己哪裡犯錯了，除了福爾斯想到不該去了地址和阿波羅想到的不該和福爾斯吵架，讓他們的父母各降了一格。

「別的就沒有了？」大明哥哥繼續啟發。

五個孩子齊齊搖頭，「沒有了。我們已經很努力了，能不能不讓爸爸媽媽掉下來？」

答案自然是不行。

於是孩子們只能無奈的看著座位基本上沒有什麼變化的家長們一一墜落，哭得別提多傷心了，父母很是感動……除了祁避夏父子。祁避夏本就沒升幾格，掉下來也沒感覺。

後來看過節目的網友紛紛表示，當時呆呆看著的小殿下根本是沒反應過來吧，情緒還沒醞釀好呢，陛下就已經下來了。

明星們在後來錄製解說表示感動之餘，也會驚訝表示，沒想到自己的孩子根本意識不到自己做錯了什麼。

節目播出後，這段劇情引發了不少家長對於教育的反思。有時候不是孩子不好，而是根本沒人教過他們什麼是錯的、什麼是不能做的。也是從這期節目開始，興起了一股時常和孩子反思一天對與錯的親子互動。

對的獎勵，錯的懲罰，原則問題絕不退步，如是而已。

《因為我們是一家人》的第一集引發的討論還有很多，好比網路上「祁謙殿下，男神求嫁」的話題，在節目播出的當晚就成了熱門話題榜第一。

粉絲表示：祁謙樣貌好、智商高、世家出身、嘴硬心軟、對身邊的小夥伴徐森長樂一路溫柔照顧……簡直是男神風範有木有！至於年齡小什麼的，那根本不成問題啊，哪怕祁謙看不上我，還有我女兒、我姪女、我外甥女以及我未來的女兒呢。總之是一定要和祁謙成為一家人！

×月○日 第六篇日記

别人家的爸爸

導演組為了將那一個拉桿箱裡的物品都能派上用場，可謂是搜腸刮肚，費盡了心思。畢竟劇組要求孩子們買的東西實在是太多太雜，從水果、吃食到文具用品，可謂是包羅萬象，根本沒有什麼活動能把這些雜七雜八的東西串聯起來，一次包含其中。

但是，如果最終沒辦法給出個合理的解釋，李杜覺得他已經能想像出祁謙看垃圾一樣看著他的眼神了。

不爭饅頭爭口氣，李杜導演煞費苦心，終於皇天不負苦心人，將東西拆分了一下之後，勉強融進了接下來的幾個小活動裡。當最終每樣東西都一個蘿蔔一個坑的安排好之後，李杜默默在微博上發了一張蘿蔔和坑的簡筆畫，並且自己為自己按了讚。

活動一，在中午吃過飯之後入住蓉城當地的特色民居，孩子們購買的大部分東西都被當作見面禮送給了屋主。

一開始，劇組對於節目的設想是四組常駐明星家庭和一個普通的流動家庭，白天出門活動，晚上像一家人一樣共同住在普通家庭裡兩天，讓過慣了錦衣玉食的小公主和小王子們體驗一下真正艱苦的生活。

這個立意很好，很可惜實施起來有些困難，畢竟能住下四個家庭九個人的屋子已經算不得「普通」了，而不斷輪換的普通家庭，也很難讓觀眾記住，最後這個設想只能作罷。換成了現在這個——明星們分別寄宿在當地具有不同特色的民居中。

好比在有美食之都之稱的蓉城，明星們就帶著孩子分別入住到了各個特色美食小店裡，下午等孩子午睡起來，還要跟著店主學做一樣蓉城當地的特色菜，等晚上幾個家庭聚會時，

共同分享勞動成果。

這個活動的靈感來自最近C國大熱的美食節目《舌尖上的C國》。美食、美景，再加上賞心悅目的明星家庭，還有什麼能比這更引人注目的？孩子們買來的食材也有了用武之地。本來活動安排的是第二天家長們帶著孩子去買東西，現在直接省了。

此時，節目環節來到——

「你會幫爸爸媽媽做飯嗎？」

這是每個明星劇本裡本就設計好要一起問孩子的問題。

五個孩子的回答各不相同——

福爾斯小天使比米蘭達還早開口表示，要幫媽媽一起準備。

雙胞胎的回答則中規中矩，在赫拉克勒斯問過之後，說會努力幫忙。

徐森長樂閱讀理解失敗，只是對二木水問：「爸爸，你做好之後，我能先吃一口嗎？」

至於祁謙……

「我負責指揮，你負責打下手，OK？」

「別的明星家庭的相處模式，是家長帶著孩子刷怪升級，孩子負責賣萌。祁避夏家卻是小殿下在賣萌的同時，還要兼顧帶著陛下升級。」這是後來網路上對祁避夏父子做飯環節的精采總結。

祁避夏抽籤抽到的是一道很考驗心靈手巧程度的經典麵食——蓮花卷。

從揉麵、發麵再到把麵點捍成所需的樣子，店家都會先做一遍，留下分解照片和教程，供祁避夏模仿。

「是分成二十公克的麵團，不是大小不一、隨心所欲的揉一揉。」祁謙指揮道。

祁避夏看著坐在高處圍觀的兒子，無奈的表示：「爸爸又沒有秤，怎麼知道多少算是二十公克？」

祁謙一臉「愚蠢的人類啊，這點小事都做不好」的表情，無奈親自下場，不到幾秒鐘之後，一個滾圓滾圓的麵團就被擺放到了案板上，「看，很簡單。」

祁謙在單兵作戰能力很強的α星人中體力算是比較差的，但是能力不足技巧補，祁謙練就了一手優秀的細微操作，他馬力全開的時候可以將誤差控制在0.001之間。

祁避夏目瞪口呆的看著兒子，一臉欲哭無淚的表示：兒子你還是正常人嗎？這一點都不簡單好嗎？

「你好笨！」祁謙一邊嫌棄著祁避夏，一邊搞定了揉麵團的任務，「下面是擀皮。」

「這個我會！」祁避夏積極舉手。

祁謙投來了質疑的眼神，剛剛揉麵團的時候祁避夏也是這麼說的。

祁避夏：「……」QAQ這個他真的會。

白家有一項很奇葩的傳統，在過年的時候，一家人一定要一起親手包一頓餃子，全程都必須由白家人自己獨立完成，並在午夜十二點新舊交替的時候，吃下那鍋自己包的餃子。祁避夏自去了白家開始，就包攬了每年擀皮的重任。

別的東西祁避夏不敢說，但擀皮他還是可以驕傲挺胸一下下……好吧，看著兒子那邊大

小一致的直徑十公分的薄皮，祁避夏怎麼都無法說出自己擁有擀皮這項技能了呢。

「勉強過關吧。」祁謙看了看祁避夏擀出來的皮，給了個真的很勉強的認可。

「寶貝呀，你以前在，咳……跟在媽媽身邊的時候學過這些嗎？」雖然全世界都知道祁避夏的兒子出身孤兒院，但祁避夏還是不願意在節目裡說。

「這麼簡單還需要學？！」祁謙很震驚。

祁避夏：以後再也不要跟兒子討論學習能力這方面的問題了！簡直是找虐！

「接下來就是把麵皮對折再對折，折成扇形，這個你沒問題吧？」祁謙小心翼翼的問祁避夏。他對於地球人所能擁有的能力真是完全摸不透，在他看來很簡單的事情對於祁避夏來說卻很難，所以他有些拿不准對折難不難。

祁避夏一頭黑線，「這個我多少還是會的。」

疊成N個小扇形之後，就是用刀將小扇形三等分，按照大小順序以切面為介面的兩兩相對疊加起來，取一根筷子在中間一壓，再用兩根筷子從左右用力壓去，用力向中間一擠，漂亮的蓮花形糕點模型就出現了。

在祁謙弄好大半之後，祁避夏這邊只堪堪弄出了三個奇醜無比的生物。

「謙寶，怎麼樣？」祁避夏一臉求表揚的看著自己的兒子。

「很，別致，隨心所欲，自由奔放。」

連攝影師大哥都在旁邊替祁謙覺得累，真難為祁謙那麼點大的小孩能想出這麼多個貼切的形容詞來。

在糕點中間放各色果醬點綴，冷水上鍋，大火蒸十五分鐘，悶三分鐘，蓮花卷就出鍋了。

祁避夏看著自己的三個「傑作」，終於認清了現實，「好像……有點……醜。」

祁謙十分贊同的點了點頭。除夕說人貴在有自知之明，祁避夏這樣已經很不錯了。

祁謙抱著這樣的想法，直至看到了三木水的炒菜。

三木水是四個明星裡唯一會做飯的那個，看著挺冷情冷性的一個人，誰也沒想到他卻點亮了人妻屬性。當三木水穿上圍裙，用熟練的手法洗切炒時，所有人都覺得玄幻極了。

「我爸爸做飯最好吃了！」

蛋糕公主是孩子裡面最幸福的，完全不需要她動手，只坐等著美味出爐就可以了。甚至她還能偶爾趁著爸爸三木水不注意時偷塞幾口菜進嘴裡，被發現了就吐吐舌頭，奉上一張誇張的諂媚笑臉求原諒，知錯就改，然後繼續犯錯。

父女間默契的互動全然沒有一絲作假，很容易就能讓人看出來平時他們在家裡也是這麼相處的，讓人不由得會心一笑，一起了悟那份父女之間的溫情。

「求當偶像女友什麼的已經弱爆了，但求能當偶像女兒啊有木有！」

當節目播出後，彈幕裡每每出現三木水的鏡頭，就會有這句話刷出。

「讓我當你貼心的小棉襖吧，三木水大大！」

夜幕降臨，四個家庭帶著他們的成果聚集於這一帶民區裡最大的榕樹下，乘蔭納涼，分享成果。

三木水的熱菜，赫拉克勒斯的湯，祁避夏的麵點，以及……米蘭達那盤看不出原材料是什麼的不明物。

「作為在場唯一的女性，妳不覺得羞愧嗎？」和米蘭達關係最好的祁避夏首先開嘲。關係越好的人，好像越愛揭對方的短。

「作為唯一一個是由兒子指揮、自己打下手的人，你不覺得羞愧嗎？」米蘭達毫不留情的反擊，「是的，不用懷疑，作為白氏電視臺的員工，我有不少你不知道的管道能瞭解到你們的進度和準備情況，你做了什麼我都看到了。」

祁避夏不以為恥、反以為榮的說：「我有兒子我驕傲，這可是別人享不來的福氣，對不對，謙寶？」

祁謙用無聲的眼神充分告訴了祁避夏「我很想說不對，但為了節目我就不打你臉了，不過你也別想我開口回答」的複雜情感。

飯菜裡被公認最好吃的自然是三木水大廚的菜。

作為外國人的赫拉克勒斯把鹽和糖搞混了，湯的味道十分奇葩。

祁避夏的麵點無功無過，沒有特別好吃，也沒有特別難吃，如果一定要形容那就是麵點該有的標準制式味道。

至於米蘭達做的……東西，連她和她兒子都沒碰。

拍攝完這段之後，劇組就把早早準備好的真正的晚餐端了上來。

孩子們都在大吃特吃，以祁謙為代表，明星們卻除了三木水以外基本上沒誰再動筷子，他們都紛紛表示自己剛剛已經吃飽了。其中米蘭達最為恐怖，因為別人好歹是真的吃了蓮花卷和炒菜，米蘭達卻是麵點只動了一口，菜只吃了三片葉子。

這就是明星的悲哀，看著外表光鮮亮麗，但卻連食物都不能隨心所欲的吃。因為鏡頭裡人會比現實中看上去更胖一些，所以明星必須要比常人瘦很多，才能在鏡頭裡顯出常人理解意義裡的瘦。

在演藝圈這個基本上只看臉和身材的殘酷世界裡，真的是「不能瘦就只有死」。歌星和主持人還好點，演員和模特兒最悲哀，特別是女模特兒，過量的運動會給她們太多肌肉，所以為了美，只剩下了什麼都不吃這一條路。

米蘭達雖然已經不是超模了，但她主持的是超模選秀節目，如果她自己本身的身材不夠健康纖細，又怎麼能說服別人呢？

閒暇之餘，米蘭達還對好奇的祁謙解釋：「別看明星在網路上大曬美食，說自己是個吃貨什麼的，但其實他們也就是曬一曬照片，根本不敢吃的。哪怕在演戲時需要大吃大喝，等鏡頭停下之後也會立刻催吐出來，做各種彌補。」

「妳也這樣嗎？」祁謙問。

「我？」米蘭達笑了，「我已經吃得比以前多了。」

「……多在哪裡？」祁避夏插話進來。他雖然也有在減肥地獄裡生活的經歷，但是卻沒有米蘭達這麼恐怖的折騰過，他的體質是真的有那麼一點怎麼吃都不會胖的意思，當然這個怎麼吃也是有量的，只不過比普通人好一些而已。

「我以前下午四點之後就會禁止讓任何食物進入我的嘴裡了，哪怕是水果都不行，水也是限量的。」

祁謙默默的覺得這大概就是地球人長不出尾巴的原因了，沒錢的人吃不起食物，有錢的人為了美而不吃食物。真是個奇怪的世界。在α星根本無法想像這一幕，他們只恨自己吃不到，而不會恨自己吃太多，因為食物也是一種積蓄能量的手段。

吃完飯之後，孩子們還有一個任務就是畫畫，一是為了讓他們買回來的紙筆有用武之地，二則是為了記錄一下今天自己覺得有意義的事情。

祁謙畫的是祁避夏坐在自由落體上。

祁避夏給出的翻譯是：兒子表示他會記住這個教訓，以後絕不再牽連爸爸。

祁謙在心裡給出的正確答案則是：看著祁避夏從上面掉下來，說實話，挺有意思的。

他甚至還用谷娘眼鏡錄了一段影片傳給白家的所有成員，大家紛紛表示，椅子的高度可以再調高一點嗎？

第二天一早，明星們帶著孩子和畫以及其他東西，一起前往C國最大快遞公司在蓉城的分公司，辦理一項會歷時十年的快遞業務——時間囊。

他們可以隨時來快遞公司往自己的時間囊中存放珍貴的回憶，交給快遞公司保存十年，之後快遞公司會把東西統一在指定時間快遞給當事人。

這是最近幾年才興起的遊戲，類型不同，價格不等，卻吸引了很多人參與。

李杜導演臨時想到的環節就是這個——在每次的節目最後，都會讓孩子們把他們在節目裡經歷過的一些東西，從不同的城市放入時間囊，最後再寫一封信給未來的自己，等十年後再拆開。

如果十年後《因為我們是一家人》能如《下一站超模》那樣持續播出，那麼這個時間囊一定會成為十週年慶的亮點；如果節目被砍，這也會成為孩子們珍貴的回憶。誰都不虧，李杜打得一手好算盤。

下午，四組家庭受邀去看了在蓉城舉行的世界盃友誼賽，C國對A國。

米蘭達的丈夫蘇球王——國家隊隊長——為他們提供了球場位置最好的門票。

這自然是之前已經商量好的，甚至就是為了趕上這場友誼賽，劇組才會提前開機，並把第一站選在了蓉城。

C國是現代足球的發源地，從三百年前開始就一直是世界強隊，進入世界盃三十二強的決賽名單是肯定的。

A國卻一直不怎麼重視足球這項運動，這次在第三世界B洲舉辦的世界盃，是他們歷史上首次進入世界盃決賽名單。C國邀請A國踢友誼賽，一是為了提前打探一下這支從未在世界盃中出現過的球隊的實力，二則是為了在賽前提高球員的信心和動力。

福爾斯一臉驕傲的指著球場大螢幕裡風一般帶球單刀連過三人的英俊男子，說道：「那就是我爸爸。」

C國眾多偉大球員中最耀眼的一個，以足球明星的身分成為世界巨星的第一人，其商業價值被譽為不可估量的存在。

祁謙默默的看了一眼旁邊的祁避夏，別人家的爸爸有的會做飯、有的會踢球，祁避夏會什麼呢？賣蠢嗎？

愉快的節目錄製最終在C國2：1小勝A國的比分中結束了，孩子們離情依依，互相道別後就和家人分別搭乘不同的飛機各回各家。

而當祁避夏領著兒子回到三十三大的豪宅時，裴天王已經等在了那裡。

「喲～回來啦～食物在桌上，洗澡水在浴缸裡，我在沙發上，你想先**幹**什麼？」裴天王笑得很邪性，幹字咬得尤為重。

這要放到以前，祁避夏肯定會跟著嘴上幹兩句，但現在……他做的第一事情是捂住他兒子的耳朵。

祁謙抱著泰迪熊，不解的回頭看祁避夏，「他說什麼我都已經聽到了。」

「那你聽懂了嗎？」裴越笑得更討人厭了。

「不要讓我請你出去。」這麼多年來第一次，祁避夏終於明白了當年白秋不怎麼希望他和裴越深入接觸的心情，裴越根本就是個汙妖王。

「我就住你隔壁。」裴越提醒道。

裴越和祁避夏是一對有親戚關係，卻無實際血緣關係的死黨，他們關係好到不能用同穿一條褲子來形容，而是他們所有的住宅都會買到一起，甚至包括兩座比鄰的小島。

祁避夏繼續瞪著裴越。

裴越無奈攤手，「好吧，真是服了你了，你變得完全沒有以前好玩了你知道嗎？我去開個巡迴演唱會走了一年，不是走了一個世紀吧？」

「你到底來幹什麼？」祁避夏皺眉，將不歡迎寫在了臉上。

「來向你證明我明明可以回來幫你在錄節目的第一晚照顧兒子，卻故意沒過來，因為我對你之前威脅我的事情很不滿。」裴越說得再認真不過。

祁謙根據家人的描述，終於確定了眼前的人就是裴越，花樣找死錦標賽的種子選手。

唯一能理解裴越的人就是祁避夏。好比別人都會覺得裴越剛剛那話是認真的，只有祁避夏知道他是在開玩笑。裴越已經盡他所能的在第一時間趕了回來，表達了他對好基友喜當爹的重視和支持。

嘴巴毒的人要麼高冷到終身沒朋友，要麼就只能等一個無論他說什麼都堅信他是好意的傻蛋，好比福爾摩斯遇到了華生，也好比裴越遇到了祁避夏。

「來，謙寶，這是哥哥買給你的禮物，你一定會喜歡的～」裴越拿出了一個包裝十分精

美的紙袋子。

「別告訴我那裡頭是一張信用卡或者一張空白支票，我一定會鄙視你的。」

祁避夏很瞭解裴越，那就是個太俗人，像他一樣的大俗人，他們玩不了什麼浪漫，只會給錢這種樸實的行動——給的錢越多，就代表他們的愛越濃。這是從兒童時代開始形成的三觀，根本改不了。

以前裴越有個真愛，就是被他這麼折騰沒的。

當真愛四十五度角抬頭仰望星空，文藝的開口說有時候人生就是需要一場說走就走的旅行，一次奮不顧身的愛情時，裴越卻嗤笑著回答：「說得好像這些都不要錢似的。」

然後……就沒有然後了。

裴越的真愛依舊文藝，裴越依舊紙醉金迷，但他們從那以後卻再也沒有了聯絡。兩人的故事充分證明了「遊戲人間的花花公子為了某個人金盆洗手，從此弱水三千只取一瓢」的傳說，基本上只能存在於爛俗的言情故事裡。

「切，我是那麼俗的人嘛！我可是把我的摯愛送給了我親愛的弟弟喲～」裴越想要上前捏祁謙的臉，卻被祁謙在說謝謝並接過袋子的同時靈巧的躲過了。

祁謙表示：「你以為你是祁避夏那個傻蛋嗎？」

裴越眨眨眼，不可思議的看著祁避夏，「你聽到你兒子說了什麼嗎？」

祁避夏一臉幸福的回答：「謙寶說我是特別的，哦呵呵，只有爸爸能抱什麼的最棒了～最喜歡了謙寶了～好幸福！」

「你和我之間必然有一個人的理解能力徹底死掉了，而我很確定那個人不是我。」

「哼，你就繼續嫉妒吧，凡人！」

「……真的，你是個好人，但感覺沒了，我們倆還是散了吧。」

「要分手也是我甩你——」

祁避夏正準備繼續跟裴越逗下去時，就看到祁謙從裴越送的禮物袋子裡拿出來了五月份的《花花公子》，當月封面上的兔女郎正衣著暴露的搔首弄姿，他驚道：「你都送了我兒子什麼亂七八糟的啊？！」

「每個男孩最渴望的東西。不要表現得你好像從來沒看過它好嗎？」裴越如是說。

祁避夏的回答是一把奪過祁謙手上的《花花公子》，用最後一點耐心壓抑著心頭的怒火對自己的寶貝兒子表示：「你先上去看動畫，爸爸和哥哥有點事情要商量，乖。」

祁謙看著祁避夏變得極為扭曲的面容，拍了拍他的肩，「我知道那是什麼，幼稚園有教過。你放心，在我想要下一代之前，我是不會想著和別人嘗試那些的。」

α星人對變強和戰鬥的欲望很旺盛，旺盛到好像連對性的欲望都轉移了，於是α星人就形成了特有的只在想要延續下一代時才會出現發情的特殊生理狀況。對於地球人來說，這樣類似於動物發情期的狀態是很奇怪的，而對於α星人來說，像地球人這樣天天發情、時時發情才是不可思議。

祁謙是說，發情就是為了延續下一代不是嗎？如果不想有下一代，那這樣的活塞運動還有什麼存在的價值呢？捨本逐末的萌點在哪裡？他真的 get 不到。

裴越衝祁謙吹了一聲口哨，他的一舉一動從來都沒有什麼出身世家的貴公子氣質，只會像是個街邊的小流氓，油嘴滑舌、口蜜腹劍，「看，我是在幫我的弟弟完成幼稚園的學習內容，更深入、更全面的瞭解，God，我真是個好哥哥。」

「我說，上樓！」

這大概是祁避夏第一次用這麼嚴肅的口吻對祁謙說話。

祁謙愣了一下，最後卻還是乖巧的抱著泰迪熊上了樓，回到自己房間與除夕玩睡美人和王子的遊戲，順便思考一個問題，為什麼除夕會和裴越長得有三分像。

「我是認真的，裴越，以後這些東西絕對不能再出現在我家。」

一般不會跟你發火的人，當他發火之後總會讓人難以招架。

裴越終於意識到了祁避夏的認真，擺了擺手，說道：「我知道你有孩子了會變得和以前不一樣。所以，嘿，你看，我甚至都沒在你家舉辦什麼歡迎我回來的泳衣party。只是幾個無傷大雅的玩笑……」

「這不是什麼無傷大雅的玩笑，裴越！」

「但這在我看來就是！」一而再、再而三的被拒絕，裴越也有點怒了，「真是抱歉啊，我和變得無聊的你開始有點三觀不和了。」

「我更喜歡把這個稱之為父親的種族天賦。」祁避夏把從三木水那裡聽來的說辭現學現賣道。

「再見！」裴越沒能跟他文藝的真愛學到說走就走的旅行，卻學會了說走就走的冷戰。

「慢走不送。」祁避夏也是有他的脾氣的，甚至因為他是年齡小一點的那方，大部分時候都是裴越在讓他，他永遠都學不會低眉順目，除了在他兒子面前。

等裴越邁出客廳之後，祁避夏其實就後悔了，他不該那麼生硬的，可是有些原則問題真的沒辦法讓步。他可以和裴越一起胡鬧，但卻不能涉及到他的兒子。而在裴越的提醒下，祁避夏開始意識到，他已經有多久沒再嘗試以前那樣天天都是狂歡節的日子了。

半分鐘後，裴越不情不願的再次出現在門口，語氣也軟了下來：「你真的不理我了？」

「是你先走的。」祁避夏表示這真的很傷感情。

「拜託，我像是那麼有原則的人嗎？我每次說不理你了，又有哪次真的做到過？」祁避夏只有裴越這麼一個交心的朋友，一如裴越也只有祁避夏，「抱歉，我下次會注意尺度的。你知道我的，我沒有兒子，甚至連小孩子都很少接觸，我也想對謙寶好，我發誓。」

「……我也有錯，剛剛的語氣太衝了。」祁避夏放緩了語調，「我不想和你爭吵的。」

「我也不想。說真的，我挺欣賞你剛剛的態度……我是說，你剛剛的樣子一直都是我所期待的父親該有的樣子，你會教你兒子什麼是他這個年紀該接觸的、什麼是好的，而不是像我小時候那樣，我老子當著我和我哥的面，一槍斃了照顧我哥長大的保姆的頭，鮮血和腦漿濺了我一臉。哈，有時候我都會覺得我沒變成變態真是心理有夠堅強。我會全力支持你當一個好爸爸的。」

「謝謝。精神上支持就好，我可不敢再找你商量如何照顧兒子了。」祁避夏笑了起來。

「怎麼照顧？」

「你忘啦？就是你跟我說的只要別讓謙寶吸毒，一切隨他，養成個二世祖又怎樣，反正我能養得起。」祁避夏回答道，「提議挺吸引人的，但卻不是一個好主意。我不是要誇張的望子成龍，我只是希望他能像普通孩子那樣快樂的成長，擁有一個光明又耀眼的未來。而不是長大之後，呃，像你我這樣……你懂我的意思。」

「啪啪啪……」

鼓掌聲從祁避夏的背後傳來，祁避夏和裴越一起回頭，他們這才發現，剛剛那句「怎麼照顧」根本不是來自他們倆的任何一個，而是才進門的白秋。

「小叔叔？！」裴越表示很驚悚。

白秋和裴越的父親裴老大是親兄弟，年輕時裴老大因為要躲避仇人追殺，不得已將還在襁褓裡的弟弟送到白家照顧，白秋就這樣成為了白氏養子。很多年後，裴老大手刃仇敵，功成名就的回到C國，認回了弟弟，之後就把自己那個不成器、一心想混演藝圈的小兒子裴越拜託給白秋。裴越可以毫無畏懼的頂撞他老子，但在白秋面前卻乖得像隻貓。

白秋微微一笑，「我剛剛好像聽說你建議把小謙養廢了？」

裴越和祁避夏辛苦隱瞞的事情終於還是暴露了。

「沒！小叔叔，你聽我說，絕對沒有這回事！」

「你怎麼說？」白秋看向祁避夏。

「去隔壁你們可以有一晚上的時間聊！」祁避夏二話不說就賣了隊友，白秋是白家最好說話的，也是白家發火時最惹不起的。

裴越毫不客氣的給了祁避夏一根中指。

祁避夏全當作沒看見。

第二天，祁謙不得不再次去了朝夕幼稚園。

昨天晚上白秋之所以會到祁避夏家，為的就是督促祁氏父子這件事。白秋很瞭解祁避夏，他清楚的知道如果他不監督，祁避夏絕對會慣著兒子以拍攝還沒完的理由繼續請假。孩子可以寵，卻絕對不能慣，這是為了他們將來好。

課外活動時，福爾斯出現在了祁謙面前。

「你那麼聰明，怎麼不跳級呢？」

這是福爾斯在昨晚回家之後，跟爸爸說起祁謙時，他爸爸提出的問題，於是第二天福爾斯就來幼稚園替爸爸問祁謙了。

「跳級？」

α星的教育和地球不太一樣，有專門的機器會根據孩子不同的學習進度進行學習內容的調整，大家都是各學各的，自然也就沒有了什麼跳級一說。頂多是誰用了一年就完成了學習內容，又或者誰竟然五年了還沒完成學習這樣的說法。

「你不知道？」

「不知道，但現在知道了，謝謝。」祁謙一直以為上學是地球的硬性規定，每個孩子都必須蹉跎十幾年的時間去學習只需要幾年時間就能學會的東西。幸而福爾斯為他打開了新世界的大門。

祁謙雙手托腮坐在孤兒院的石階上，看著他的第一個人類小夥伴除夕在院子裡和別的孤兒們奔跑著，五人一組，共分兩組，左右進攻拚搶著一個名叫「足球」的玩意。

那實在是個無聊的遊戲，最起碼祁謙是這樣覺得的。比起足球，他更願呆坐一處，雙眼放空的看著飛鳥掠過碧空如洗的天空，飛向如黛的遠山。這樣美麗的自然景色在祁謙看來是十分不可思議的，奈何這些天天都能擁有如此美景的地球人卻根本不懂得珍惜。要是拍攝下來帶回α星，會造成多大的轟動啊！祁謙默默在心裡想著。

就在這個時候，遠在泥土地上馳騁的除夕抽空狠狠瞪了一眼祁謙，打手勢讓他知道他的尾巴又露出來了！

祁謙這才不慌不忙的把自己跑出來的尾巴再次隱藏了起來。

祁謙有四條尾巴，都是需要一定的能量才能隱藏起來的。這是α星人迷惑對手的手段：五尾越級打敗六尾，最後才發現五尾其實是七尾什麼的簡直不能更打臉，很多α星人都愛這麼幹。

可是祁謙卻不怎麼喜歡，畢竟幼年體的他只有四尾，實在是沒什麼好隱藏的。開始偽裝成地球人之後，祁謙才漸漸把這項技能頻繁用了起來，卻總是會有疏漏。

「嘿～」終日長髮披肩，遮擋住自己一張漂亮精緻的臉的七夕妹子，拿著一本書坐到了祁謙身邊，「你怎麼沒去跟他們玩？」

「妳呢？」祁謙反問。

七夕晃了晃自己手中的書，「我是女孩子，需要文靜一點，看書就是個不錯的活動。倒是你，坐在這裡幹什麼？」

「我在想……」

「想？」

想為什麼除夕的樣貌會和白秋小爹小時候一模一樣……

當祁謙回過神來時，他才發現他早已沒有了小夥伴除夕和七夕的陪伴，現在他是小天王祁避夏的兒子，他此時正和音樂界另外一個天王裴越坐在高級餐廳裡吃……M記的漢堡，拿著一本書的人從七夕變成了他，問「你在想什麼的」則是裴越。

「我覺得白秋小爹這張小時候的照片很像我的朋友。」祁謙照實說道。

「是嗎？」裴越不甚在意的答了一聲，之後就轉移了關注的焦點，「你小心一點啊，注意指紋，別破壞了照片，這可是獨此一份的老古董了，我還指望拿這些小叔叔以前的照片賄賂我老子呢。」

裴越的老子裴爺對自己狠，對別人更狠，這個「別人」甚至包括了他的妻兒，只有白秋是個例外，那大概是唯一讓裴爺還會展現人類柔軟一面的人，因為他對少年時代遺棄了自己的親弟弟深感愧疚。在白秋而前，裴越這個僅剩的兒子都要靠邊站。

裴越也已經對自己老子的偏心麻木了，甚至學會了利用白秋來和自己老子談條件。

祁謙對上一輩人的恩怨沒興趣，他繼續抓著除夕的事情不放：「除夕真的和小爹小時候一模一樣，所以我在想……」

「不可能。」不等祁謙說完，裴越就已經開口否定道，「無論你在想什麼，我都可以負責任的告訴你，小叔叔只有一個兒子叫白言，我和你爸都不喜歡他，他也不喜歡我們。但小叔叔為了那個白眼狼，把他的整個青年和中年時代都搭上了也是個不爭的事實，小叔叔不可能有精力再弄出個只有幾歲大的私生子。」

祁謙搖搖頭，「我沒懷疑小爹，他很潔身自好的。」

「那你問……」裴越說著說著自己就停了下來，因為他已經了悟在祁謙幽深眼眸裡的意思，「我？！」

祁謙點點頭。

裴越和祁避夏的私生活混亂是舉世皆知的，外人對演藝圈這個大染缸不太好的印象裡絕對有他們兩人做出的傑出貢獻，甚至可以說是居功甚偉。

裴越卻再次堅定的搖了搖頭，連想都沒想就否認了：「那就更不可能了。」

「為什麼？」

「因為我是GAY，純的，對女人硬不起來的那種，如果你明白我的意思。」裴越承認得很大方，「報紙上那些女星、模特兒什麼的都是糊弄我老子的擋箭牌，他那人比較老派，講究不孝有三無後為大，我作為他唯一還活著的兒子，肩負著不讓他斷子絕孫的重大責任。」

「……你演技很好。」祁謙是真的以為裴越和祁避夏一樣，都是美女集郵愛好者。

「謝謝誇獎。」裴越笑得一點都不謙虛，「我也覺得如果我去混影視圈，小金人、小金球什麼的都根本不在話下。不過誰讓我這麼善良呢，見不得你爸傷心，你知道的，他有多想重新演戲，如果我拿了他想要的獎項，他一定會嫉妒得發狂，所以還是算了吧。」

「我還真不知道。」祁謙印象裡的祁避夏一直都是玩世不恭的，好像對什麼都沒有太大的執著，因為他已經擁有了太多東西，「那你別的家人呢？」

「我老子那一輩只有他和小叔叔，我肯定我老子是沒那個能力再給我弄出個幾歲大的同父異母的弟弟。至於我這一輩，也就只有我和我大哥，他十年前死了，我當時還在E國跟王儲當校友，對大哥在國內的情況不太瞭解，但我們每週都會通話，如果他有了女友和孩子，他肯定會第一時間告訴我，不過據我所知，在他死前都沒有這樣的消息。So……抱歉，親愛的，我知道你和你朋友關係好，但並不是每個孤兒都一定會有一個驚世的秘密身分的。最起碼你朋友和裴家沒關係。」

世家中，裴家是人丁最單薄的，這也是裴爺特別執著於子孫的一個重要原因。裴家自很多年前差點被滅門之後就元氣大傷，即便如今勢力已經回來了，但人口依舊無力回天。

「滅門？」

「你知道的，就是那些你打了他、他滅了你滿門、你再滅回去的恩怨糾葛。很無聊的陳芝麻爛穀子，在很多年前就已經塵埃落定了。不過說起來，我倒是聽說那個埃斯波西托家族有死灰復燃的跡象，說是當年他們有個私生子流落在外倖免於難，後來私生子的孩子進了孤兒院，但最後還是被他們找到了什麼的巴啦巴啦……無所謂啦，埃斯波西托家族已經成不了什麼氣候了。」

「哦。」祁謙對於他不感興趣的東西大部分都只會有這麼一種回答，談話的終結詞。

「用完了就扔啊，謙寶，真有我們家人的特色。」裴越為小了自己很多歲的弟弟按了個讚，「不行，作為交換，我也要知道一些你的事情。」

「你說。」祁謙覺得裴越這個交換條件很合理。

「唔，你在看什麼？」裴越被祁謙乍然的正式回答反而弄得有點不知道該說什麼了，他本來只是想逗小孩玩，最後只能無奈選擇了從祁謙手上的書入手。

「薩門俱樂部的往年入會測試。」祁謙如實回答。

薩門俱樂部是世界頂級的智商俱樂部，最大的特色就是以智商作為入會的唯一標準。會員身分包括各行各業，科學家、商人或者家庭主婦，只要智商夠，就是他們歡迎的朋友。

「你看這個幹什麼？」裴越這次是真的覺得意外與好奇了。他確實從祁避夏那裡聽說過祁謙智商高的事情，但卻沒想過有一天祁謙會接觸……呃，薩門這種他從未覺得會和自己沾上邊的東西。這感覺就像是冰箱裡一打雞蛋的隊伍裡突兀的擺了顆顯眼的大草莓，說不上來的微妙。

「準備跳級。」草莓祁謙回答道。

雞蛋裴越眨眨眼，表示他大腦有點不夠用，「這兩者的關係是？」

祁謙無奈，開始對裴越詳細解說，他從福爾斯口中得知了這個世界上還存在跳級一說之後發生的事情。

祁謙直接找上了朝夕幼稚園的園長，表示自己想要跳級的願望，然後詢問園長他需要準備什麼資料，又或者要通過什麼考試。當時園長正透過網路和他棋友視訊下棋，對方聽到了始末，就問了祁謙很多問題，等祁謙一一回答完，對方就匆匆下線了。

再見到對方時，已是當天下午，這位風塵僕僕的白鬍子棋友帶來了一整個團隊對祁謙進行智力測試。當一六二的智商測試結果出現之後，所有人都震驚了。

祁謙抱著泰迪熊一直處於狀況外，因為他根本無法理解一六二這個標準對於地球人來說是多麼的不敢置信。

「人類歷史上最偉大的科學家愛因斯坦的智商是一六五，現在你明白了嗎？」

「哦。」

名叫顧師言的棋友在那之後就對祁謙表示，如果他能過了薩門的特殊考試，他會根據祁謙所知道的知識面，幫祁謙搞定跳級的事情。

「所以說，只要我過了薩門的測試，我就可以跳級了。而薩門的考試需要時間準備，好像不只是過了筆試、智商測試的結果就能行，還需要幾個會員到場再進行別的什麼測試。」

祁謙對這些沒怎麼在意。

「這事你問過你爸嗎？又或者我們家除了你和我以外，還有人知道嗎？」

祁謙搖搖頭，奇怪的看向裴越，「為什麼要問別人？這是我的事情。」

無論是在α星還是地球，總是孤身一人的祁謙根本沒有那個遇事找家人求助的意識，除非是他自己解決不了，又或者是他不方便顯露能力解決的事情。而跳級這樣的小事在祁謙看來就屬於完全不需要找別人的那一類，他自己就能輕鬆搞定。

「這怎麼會是你一個人的事？」裴越真的要向祁避夏這個高智商的兒子跪了，「我知道你智商很高，但你還小，沒有什麼應對社會的經驗和常識，萬一被騙了怎麼辦？」

「我有拿著顧師言給的證件去ＬＶ市政府大樓的有關部門進行核實，同時也去了薩門俱樂部在ＬＶ市的分部，他們都給出了相同的真實答案。而為我做智商測試的團隊，我也在問過名字之後，從網路上找到了他們的公司，核對了他們的個人資訊。」

顧師言老爺子除了是一個熱愛在網路上下棋的老頭之外，同時還是薩門俱樂部很多年前的老資格會員，以及從Ｃ國教育部退休的公職人員。

「我有注意沒有洩露什麼我的個人資訊。」

「那歷年的測試題你能搞定嗎？」

「很簡單啊，真不知道他們為什麼會出這麼簡單的題目。說真的，因為這個我其實還是有點懷疑他們的。」

裴越在看過祁謙手上絕不外傳的內部資料之後，默默的說了一句：「請收下我的膝蓋，英雄。」

祁謙沒再搭理裴越的耍寶，問了另外一個問題來轉移他的注意力：「你帶我來這裡到底要幹嘛？」

「去錄音。還記得嗎？這幾天祁避夏一直在教你唱的《因為我們是一家人》的主題曲，那首是我做的曲子、我填的詞，今天要開始錄製了。你爸爸今天有通告，所以由我去幼稚園接你過來。一會兒在錄音室會合，還有別的三個家庭。」

裴越結束了巡迴演唱會之後迎來一個小長假，不過基本上都被信不過別人的祁避夏使喚來當他兒子的保姆了。

「哦。」

裴越已經很能把握和祁謙說話的風格了，「哦」基本上可以延伸為「有事起奏，無事退朝，朕要吃飯，請勿打擾」，所以他趕忙說道：「快吃吧，吃完之後我們就去錄音室。」

祁謙表示很滿意。

◎◆◎◆◎◆◎

裴越帶祁謙去的「Music 錄音室」是白齊娛樂在還是一家小型唱片公司時的前身，隨著白齊娛樂的不斷壯大，現在「Music 錄音室」已經成為了業內最頂級的錄音室之一，已故或現役巨星在這裡先後創造出了無數震撼世界的經典，而這裡不局限於錄製流行音樂，還有電影、電視劇、交響樂等，無數知名電影的背景配音都始於此。這些都深深的吸引著一批又一

批傑出的音樂製作人和錄音工程師前仆後繼，很多歌迷粉絲將其視為聖地。

十多年前，白齊娛樂決定將「Music錄音室」對別的唱片公司開放，為所有音樂製作人共用。當然，是有償的租借形式，且價格昂貴，按分鐘數算錢，但依舊趨之若鶩。

這也就造成了如今無論你是多大牌的神、再鴻篇巨制的電影，想在這裡錄音和進行後期製作，也需要乖乖排隊等日子，等不了就另尋高處。用白家大姐的話來說就是——我們又不差那一個人的錢，有的是排了一年約、揮舞著大把鈔票跪求入門的人。

而在五年前，白齊娛樂又開放了限定時間和人數的參觀旅遊活動。

「我們的安娜姑姑可是賺錢小能手，不放過任何壓榨剩餘價值的可能。」裴越帶著祁謙從員工通道進入錄音室時這樣對祁謙介紹，「簽約白齊娛樂就這點好，『Music錄音室』隨時都會對自家藝人開放，免費。」

「哦。」祁謙對此興致缺缺，只是表達禮貌的哦了一聲。

「……」裴越被噎得都有點不知道該怎麼繼續自己的話了，最終他還是拿出面對他老子的耐心才說了下去，「所以你要是將來選擇當明星，無論是進軍影視圈還是音樂界，白齊娛樂都是你最好的選擇，先不說這是白家的企業絕對放心，只衝著這裡就該選白齊娛樂。」

「你最近廣告拍多了嗎？開口都是廣告詞。」祁謙看著裴越淡定的說道，「我沒打算將來當明星。」

——我就是怕你將來要去當什麼勞什子的科學怪人，才會積極努力的向你推薦演藝圈這個五光十色的世界啊孩子！你感受到哥哥我的一顆真摯的心了嗎？！

「無論是商業圈還是政治界，哪怕是軍隊呢，白家都可以替你鋪路，但要是科學院那種地方……世家也並不是無所不能的，也有涉獵不到的領域，白家較沒接觸的地方就是頂尖領域的科學研究。」

「So?」祁謙怎麼都沒能 get 到裴越的重點。

——所以看在哥哥我這麼苦口婆心的分上，弟弟你千萬別想不開啊！

從剛剛祁謙提起薩門和跳級，裴越就很怕祁謙將來走上一條在他看來枯燥乏味又到處都是變態怪人的路。

「你可千萬別想不開的選擇一個家裡幫助不到你的領域當工作，好比科學家什麼的。」

「我沒說過我想當科學家。」祁謙的智商很高，卻也只是高科技的 α 星和科技落後的地球之間的差異，他本身的性格是不適合當科學家的，因為他根本沒有那個鑽研的勁頭。

裴越暗暗鬆了一口氣，好奇的問：「那你長大了想幹什麼？」

一時間祁謙陷入了沉思，他長大了想幹什麼？想救活除夕，想和除夕一直在一起。但很顯然這並不是裴越所問的那個問題的答案。

事實上，從來沒有人問過祁謙這種問題。在 α 星時，祁謙未來的路早已經被基地安排好了，基地養大了身為孤兒的他，他自然要為基地工作來回報基地。初到地球時，祁謙也不需要想這個問題，自有除夕替他做決定，除夕才是那個根本不像是孩子的孩子。

於是，祁謙搖了搖頭回答裴越：「我不知道。」

「那好好考慮一下演藝圈吧，強烈推薦喲~雖然這是個大染缸，卻也是我和你爸爸都很

喜歡的地方，我對音樂是真愛，你爸對演戲是真愛。我覺得你很適合上鏡頭，至於圈裡那些亂七八糟的事情，就交給我和你爸爸吧，處理緋聞我們特專業。」

家長面對孩子未來的就業選擇一般只會有兩種期許，一是與自己相同的職業，因為這樣他們就能在這個領域裡幫到孩子；二則是自己曾經沒能去涉獵，但一直視為理想的職業。

裴越很顯然屬於前一種。

祁謙深深的看了一眼裴越，沒說是，也沒說不是，他需要時間去思考、去感受。他總是很難理解抽象化的東西，好比幸福、夢想這些字眼，當然也好比國文考試裡的閱讀理解。

針對流行音樂錄音的第三號錄音室裡，各路明星差不多都已經準點到齊了。

「祁謙哥哥～」蛋糕小公主依舊熱情得讓人窒息。

「謙寶～」福爾斯也迎了上來。

祁謙朝他們點了點頭，然後就被裴越自作主張的請去了和小夥伴一起「玩耍」。但他是真不知道該和他們玩些什麼，於是只能實施禍水東移大法：「雙胞胎呢？」

上次蓉城錄節目時，蛋糕、福爾斯和雙胞胎玩得都不錯，應該能轉移他們過剩的精力。

結果提到雙胞胎，福爾斯卻先萎靡了下來，一臉說不上來的沮喪，「他們在那邊，但我不敢過去，我覺得他們像是變了一個人似的，我不喜歡他們現在這個樣子。」

徐森長樂也點了點頭，「嗯，很討厭，我決定以後都不喜歡他們了！」

祁謙順著福爾斯所指的方向看去，雙胞胎正坐在角落裡，兩人安靜的連線打著遊戲，一臉相同的冷漠，好像有一個無形的圓將他們與外面的世界完全隔絕了開來，他們不打算出來，也不打算讓任何人進去，與節目裡的他們有很大差別。

「我覺得這是鬼上身！」徐森長樂十分篤定，「或者穿越、重生！我爸爸的小說裡總會這麼寫。」

祁謙卻覺得這沒什麼大驚小怪的，只是簡單的人格分裂，就像是祁避夏一樣，在鏡頭前和鏡頭後完全是兩個人。裴越也說過這在演藝圈是很常見的現象，明星螢幕前和螢幕後完全是兩張皮。好比走高端大氣上檔次的影后，其實私下裡根本就是個摳腳女漢，知性典雅的外表下隱藏著一顆猥瑣大叔的心什麼的。

「說起來，我媽媽平時在家和在劇組好像也不太一樣誒。」福爾斯二話不說就把他媽賣了，「她不會特別誇張的叫別人 beauty、sweet、heart、sunshine 什麼的。」

「我爸爸就是一個樣啊。」徐森長樂表示真的好難理解「人前人後兩個樣」的意思。

「知人知面不知心，謙寶你們可要提防一點赫拉克勒斯的兩個兒子。」祁避夏是最後到的，一進錄音室就直奔向兒子求抱抱，根本顧不得和別人打招呼，「他們老子赫拉克勒斯最會的就是偽裝，虛偽得讓人噁心。」

作為被赫拉克勒斯陰過一次的人，祁避夏可以說是生理性的厭惡著那對父子，也生怕兒子著了那對父子的道。

「以後不跟他們玩了！」蛋糕公主總是特別的直來直去。

「如果妳這麼做，可就真的上了他們的當、如了他們的願了喲，我的小公主。」祁避夏

耐心解釋道，盡量用一個孩子能懂的語言說：「平時妳可以不和他們玩，但在鏡頭前，當他們表示出熱情時，妳一定要假裝很喜歡他們，要不等觀眾看了節目，就會覺得蛋糕不好，不喜歡蛋糕了。」

這就是祁避夏當年輸給赫拉克勒斯的主要原因之一，赫拉克勒斯可以在私下裡用最惡毒的話語羞辱他，也可以在人前表現出對他熱情到不行的親切。而年輕的祁避夏可以做到私底下和赫拉克勒斯針鋒相對，卻沒能學會在人前收斂脾氣，所以無論是鏡頭裡、工作人員的眼中、又或者是報導上，祁避夏都成了那個仗著自己在影視圈中的成績恃才傲物，不尊重外國來的大前輩，囂張跋扈的變「墮落」了的童星。後來那也確實變成了祁避夏墮落的開始。

「這種當上一次就夠了，小赫拉克勒斯們修煉還不到家，正是你們的好機會。」

祁避夏被阿羅拖走去和製片人、別的明星打招呼後，蛋糕和福爾斯一臉似懂非懂的看著祁謙，問：「祁謙的爸爸剛剛在說什麼？」

「他在說，這是一個遊戲，雙面人的遊戲。在鏡頭前，我們要對雙胞胎表現出不一樣的態度，私底下我們可以不搭理雙胞胎，但在鏡頭前我們必須熱情活潑，把他們當作真正的朋友。這是個很難的遊戲，雙胞胎表現得不錯，你們有落後哦。」

「原來是這樣！」蛋糕和福爾斯恍然，「祁謙的爸爸好笨，剛剛根本沒有說清楚嘛，這樣說不就明白了。」

「我們絕對不能輸。」輸給這樣近似於圈套的幼稚挑釁。

「不會噠！」蛋糕和福爾斯信心滿滿。

當工作人員和演員都到位，一切準備就緒之後，攝影機再次開始了運作，錄音這段會插播進主題曲裡，日後還有可能剪輯一些搞笑片段當作給觀眾的花絮福利。

第三錄音室是個能容納二十名歌手一起演唱的中型錄音室——最大的那種能容納一個百人的交響樂團——中間也有單獨的歌手錄音的小單間，而且擁有可以活動的牆面，能組成各種不規則的多面體結構，能營造出多種音樂形式所需的現場效果，好比搖滾、鄉村音樂、爵士等等。

四組家庭，九個人分別戴著可以聽見自己聲音的耳麥，坐在一排電容麥克風前，共同面對著透明玻璃後大量的工作人員。

隨著輕快靈動的純音樂響起，專業人士祁避夏溫柔的唱出了第一句：「我的兒子是我最驕傲的財富。」

祁謙則在祁避夏之後唱出他的那句：「我的老爸是這世上最難懂的生物。」

祁避夏抽空給了玻璃窗後面的裴越一根中指，他已經從他兒子的歌詞裡感受到了來自填詞作曲的裴越滿滿的惡意。

×月○日 **第七篇日記**

我有一個好爸爸

主題曲錄製結束的時候，外面的天已經徹底黑了下來。

短寸頭的赫拉克勒斯帶著自己的一雙兒子走到祁謙等人面前，在那張絕對硬漢的臉上掛著樸實寬厚的笑容，演技到位，語氣大方，彷彿連眼睛裡都閃著人畜無害的善意。

「我為阿多尼斯和阿波羅今天的態度感到抱歉。他們下午才從A國飛過來這裡，精神很疲憊，我也是剛剛才聽說了他們的態度，所以特意過來解釋一下，希望孩子們別介意，還能繼續當朋友。」

「你不必如此，赫拉。」米蘭達主動笑著化解尷尬，「只是孩子之間的小事，他們還是有點陌生，多玩一段時間就好了。不過講真的，讓孩子這樣兩國來回的跑確實太累了。」

「是的、是的，我也在考慮要怎麼解決……」

那邊大人們在談話，這邊五個小孩也相視而立，默默的看著彼此。

雙胞胎弟弟阿波羅一臉的不情願，反倒哥哥阿多尼斯更加主動些，他對祁謙說：「希望你別介意……」

「我不在乎。」祁謙語氣平常的打斷了阿多尼斯，「你要問的是福爾斯和蛋糕。」

福爾斯表現得左右為難，他是比較願意相信赫拉克勒斯解釋的原因的，畢竟因為上次的節目活動，他是真的很喜歡這對混血雙胞胎。

看起來最為單純的蛋糕公主，卻很意外的相當堅持：「我們保持鏡頭裡、鏡頭外的雙面人遊戲就好。」

「既然你們心裡也有數，那自然最好。」總是很難自控的阿波羅搶在哥哥阿多尼斯之前

昂著頭開口道：「不過就是做戲而已，何必非要私底下也假裝你好我好大家好。」

正醞釀了足夠的勇氣準備開口的福爾斯張了張嘴，卻再也發不出來任何音節。

兩夥人一拍兩散。

福爾斯私下裡問徐森長樂：「妳怎麼會那麼快做出決定？」

「其實他們在說什麼我根本沒聽懂。」蛋糕公主如實回答，「但我的小阿姨告訴我說，在妳不知道別人說什麼卻必須做出決定的時候，跟著讓妳覺得信任的人走就好了。我相信祁謙哥哥。」

福爾斯恍然的點點頭，覺得小夥伴說得好有道理。

蛋糕小公主驕傲的挺起胸，心想著：當然很有道理，祁謙哥哥是我的家人，我不信他信誰？可惜家人的身分爸爸說盡量最好不要告訴別人。

福爾斯也是在後來才知道，他在這個時候被蛋糕誤導得有多慘。

那邊，祁謙則單獨撞上了赫拉克勒斯，都說鐵漢柔情，這位螢幕硬漢很顯然也十分懂這一手。

「希望你別介意阿多尼斯和……」

祁謙看了一眼赫拉克勒斯，面無表情道：「真不明白為什麼你們都愛跟我說這個。再說一次，I don’t care。這只是個節目，合作愉快，再也不見，不是很好嗎？我不需要玩當朋友的遊戲。」

準確的說，祁謙不覺得他需要除了除夕以外的朋友。

「我看得出你是真的這麼想的。」赫拉克勒斯進一步道：「但誰讓現在你控制著另外兩個人的態度呢，我希望你……」

「那就是你的問題了，不是我的。」雖然祁謙沒想著要控制誰，他不會要求蛋糕和福爾斯必須去討厭誰，自然也不會強迫他們一定要喜歡誰。

「你果然和你爸爸一樣討厭，即便你看上去比你爸爸聰明很多。」

「哦。」祁謙一臉冷漠。

——你喜不喜歡我，關我什麼事？說得好像你喜歡我就能昇華我的人生似的。

「聽著，如果你是因為我和你爸爸的恩怨而故意如此，我希望你能理智些，別被你爸爸坑了。我能猜得出來他是如何形容我的，所以你不喜歡我，我也不喜歡你。但我欣賞你，你是個好苗子，演藝圈裡沒有真正的孩子，你深諳這一點。我不希望他毀了你。」赫拉克勒斯一臉真誠。

「事實上，他並沒有跟我說過關於你的任何事情。」祁謙一臉「大叔你以為你是誰啊」的表情。

「早晚有天你會後悔今天的一席話的。」赫拉克勒斯並不相信祁謙的話，他最後告誡祁謙：「為了薪酬，小小年紀就連自己的親舅舅和舅媽都不會放過的人，你覺得他對你能有多少親情？別傻了。如果你不相信我，你大可以自己去查，記住『賈仁』這個名字，他曾是祁避夏的第一任經紀人，看看他的下場你就會知道此時的你有多蠢了。」

祁謙用谷娘眼鏡快速搜尋了一下「賈仁」，他發現網路上幾乎沒有關於這個人的任何報

導和資料，只找到一、兩段內容很少的介紹，說他的姐姐以平民身分嫁入了世家祁氏，他是當紅歌手祁避夏的親舅舅，曾擔任過祁避夏的第一任經紀人，正是他挖掘了年幼的祁避夏的表演天賦。

後來祁避夏從童星過渡到少年的形象失敗，改進軍音樂界，經紀人就換成了白齊娛樂的阿羅。至於賈仁在不當祁避夏的經紀人之後的生活，從網路上找不到任何痕跡，好像他就這樣人間蒸發了，又或者是被刻意抹消了痕跡。

能做到這點的人有很多，祁謙剛好就認識幾個，白冬、白安娜、白秋，甚至是裴越。

這些都是祁避夏的姑表親，是祁避夏父親嫁入白氏的姐姐，也就是他姑姑那邊的親戚。至於祁避夏母親那邊的親戚，就像是賈仁一樣，從未被祁避夏提起。

但……那又如何？

祁謙嗤笑一聲，仰頭看著俯下身來的赫拉克勒斯，一字一頓道：「我不相信自己的親生爸爸，難道相信你嗎？」

除夕說，每個人做事都有自己的理由，在不瞭解那個理由之前，最好不要妄下結論。

祁謙眼前的情況便是如此，祁避夏對他很好，而赫拉克勒斯和賈仁對於他來說不過是兩個陌生的代號，他除非是傻了，才會因為幾個陌生人而去質疑自己親近的人。

回家的路上，祁避夏幾次想對祁謙開口，卻每每話到嘴邊又停了下來。

正在看動畫的祁謙被煩得不行，在祁避夏第五次想這麼做的時候，他終於摘下了眼鏡，搶先開口：「你是在故意磨磨唧唧的折磨我嗎？那麼恭喜你，你成功了。你的過去你想說就說，不想說就不說，很難嗎？」

「嗷嗷，謙寶你知道爸爸已經知道了啊……QAQ」祁避夏說得繞口極了。

祁謙的耳力不是地球人可以比的，所以在他面前基本上不會發生什麼因為偷聽而產生誤會的狗血梗。

祁謙無奈的看著祁避夏：「你想跟我說嗎？」

「暫時還不太想。」祁避夏實話實說，他還沒做好告訴祁謙那些往事的心理準備，「但是爸爸保證早晚有一天會全部都告訴你的，好不好？」

祁避夏小心翼翼的看著祁謙，生怕兒子不高興，「我不是故意要瞞你什麼，只是那段過去我並不以它為傲，而且當時發生了很多事，我只能說誰都有錯，我……」

祁謙打斷了祁避夏：「要麼說，要麼閉嘴，我的好奇心並不旺盛。」

「你真的不介意？」祁避夏真的很怕因為過去的往事，影響了他和祁謙之間好不容易升溫起來的感情。

「你的過去會影響到我的現在嗎？」

祁避夏把頭搖得就像是撥浪鼓，「怎麼可能！爸爸一定會照顧好你的。」

「哦。」

莫名的，祁避夏覺得祁謙這個極為簡單的回答十分可靠，讓他安心了不少。一開始他還會因為裴越告訴他「祁謙自己獨立搞定了薩門入會和跳級」的消息而有點患得患失，覺得兒

子不信任他、不想依賴他，但是現在他已經完全沒有那種感覺了。

就像是裴越寫的詞裡說的那樣——我的兒子是我最驕傲的財富。

祁謙不是那種愛依賴人的孩子，相反，在這對有點微妙的父子關係裡，祁避夏才是依賴心很強的那一方。過去的祁避夏，用無數狂歡派對和夜生活，填補著他在空蕩蕩的豪宅裡感受到的那份孤寂，但現在他只要有祁謙就可以了。

家裡只是多了一個人，祁避夏卻感覺他的整個世界都變了。

哪怕他們平時在家都是各自做著自己的事情，但祁避夏還是會覺得整顆心都被填滿了。每次上完通告都迫不及待的想回家，因為家裡有人在等他，那份被期待著的感覺讓他總能保持著嘴角上揚的好心情。

祁避夏以前看過一部視角獨特的納粹電影。

電影的主角是一個猶太男孩，德軍來襲，他和父母在即將登上最後一班離開那座城市的船時走散，沒有船票的男孩只能獨自回家，期待著父母會回來找他。空蕩蕩的別墅裡只有小男孩一個人，一開始他是快樂的，再沒有了父母的管束，沒有了母親這也不許那也不行的嘮叨，他可以想吃多少巧克力就吃多少巧克力，他可以從高高的樓梯扶手上盡情滑下，他可以騎著自行車出現在家裡的任何地方……本應該是很快樂的畫面，卻總讓看到那一幕的人有一種無法言喻的壓抑。

祁避夏卻很愛看那一幕，他也不知道為什麼。

過去祁避夏總會盡可能安排很多活動，不讓自己的晚上空閒下來，但難免也偶爾會有無聊的夜晚，那個時候他就會在打造得不比電影院差的室內影音室裡，一遍又一遍的看這部電影，看著男孩在偌大的別墅裡盡情玩耍，直至食物吃完，落葉枯竭，游泳池裡的水變得渾濁不堪。

現在回想起來，祁避夏發現他已經很久沒有再看過那部電影了，即便再看，他想他也只會看電影的最後——男孩長大，戰爭結束，他從納粹集中營裡被放了出來，終於等到了與父母團聚。

「歡迎回家，我的寶貝。」

新曆四五四年六月十二日，第五十五屆世界盃——即國際足聯世界盃——在第三世界B洲A市如期舉行。當地時間十七點整，在A市為了世界盃而特意新建的足球場裡，東道主B洲國家隊將和C國國家隊拉開這次世界盃的揭幕戰。

世界盃與奧運會並稱為全球兩大頂級體育賽事，如果單論轉播的覆蓋率，世界盃甚至隱隱超過了奧運會。

每四年一次的世界盃，絕對是當年六月最熱的盛事。

面對這麼熱門的話題，《因為我們是一家人》這個誠（毫）意（無）滿（節）滿（操）的劇組，自然是要想辦法抱一回大腿的。於是，藉著贊助商之一的蘭瑟可樂公司——該公司

同樣是這次世界盃最大的贊助商——《因為我們是一家人》的第四站來到了B洲這個被全世界聚焦的國家。

節目組特意選擇了在揭幕戰那天開始錄節目，一是因為揭幕戰裡有C國的國家隊，二則是因為要配合祁避夏的工作，他將會在開幕儀式上和B洲國寶級歌后賈斯蒂娜共同演唱這次世界盃的主題曲。

祁謙在結束了上午和阿波羅一起最先找到爸爸的環節之後，就迎來了下午的新任務——在揭幕戰的比賽裡當球童。在國際A級足球賽事和一些重要的足球比賽裡，國際足聯規定每個球員在出場時都必須牽著球童入場，象徵比賽的純潔與友好。

穿著兒童版國家隊隊服的祁謙，站在人滿為患的球場通道裡，透過壁掛電視看到場上祁避夏和賈斯蒂娜堪稱完美的合作演出，激昂的聲音在每個人的腦海裡迴盪，久久無法散去。

「謙寶，你的爸爸好棒啊。」站在祁謙後面的福爾斯大聲道。

節目組的五個孩子都應邀成為了這次開幕戰的球童，可惜由於B洲足聯想出來的奇怪主意——為了體現足球比賽友誼第一的精神——C國的孩子要牽的是B洲國家隊隊員的手，而B洲的孩子則牽著C國的國家隊。

福爾斯因為不能牽著爸爸的手入場而鬱悶了好久，差點哭出來。他的淚腺真的很發達，比蛋糕還發達。

徐森長樂雖然沒哭，表現得卻也有些不太適應。這裡有太多不認識的人在場了，大部分還是語言不通的外國人，這讓蛋糕感到十分不安，她一路沉默的緊貼祁謙。無論那個即將牽著她的手入場的Ｂ洲國家隊的年輕球員怎麼耍寶逗她，她的嘴始終像是個緊閉著的蚌，死都不肯開口。

「你的爸爸？」Ｂ洲足球隊的隊長費爾南多，用生硬的Ｃ國語加入了祁謙等人的談話。Ｃ國語作為世界通用語，一般人即便不會說，最起碼也能聽懂一些常見的話語。

祁謙點點頭，用流暢的Ｂ洲語回答：「演唱主題曲之一的那個人是我爸爸。」

當祁謙說出這句話的時候，他感覺自己的胸腔突然湧現出了一種從未有過的熱流，他很難形容自己那一刻的感受。他只能說，他終於體會到了當日福爾斯在蓉城球場裡指著大螢幕上出現的蘇球王影像時的榮耀感，「那是我的爸爸」——這世界上再沒有什麼話會比這更容易讓小孩子覺得驕傲。

「陛下是你爸爸？」費爾南多不可置信的睜大了眼睛。全球的年輕人鮮少會有不喜歡祁避夏這個流行音樂小天王的，這位年輕的國家隊隊長也不例外，他熱切的看著祁謙，「你的Ｂ洲語是跟你爸爸學的嗎？說得真好。」

祁避夏為了演唱這次世界盃的主題曲，可謂是準備良多，學了一部分的Ｂ洲語就是其中之一。

「不是，只是我在Ｌ市生活過一段時間。」祁謙如實回答。他其實一直在醞釀著怎麼和費爾南多搭話，感謝祁避夏為他送來了機會，「我在Ｌ市的時候就知道你，我朋友是你的超級粉絲。」

「哦，是你後面的那個男孩嗎？」費爾南多笑得十分爽朗耀眼。

祁謙搖搖頭，「爸爸說我的朋友去了很遠的地方，他不會回來了。但我相信他肯定能回來的，因為我們約好了的，要當一輩子的好朋友。能請你給我一份你的簽名嗎？等將來我朋友回來時，他一定會很高興。」

「去了很遠的地方」這種說法很容易讓人誤會，這也是祁謙目的，他無法跟別人解釋除夕現在的情況，所以誤會就誤會吧。

費爾南多很顯然也屬於誤會人軍中的一員，他看著眼前認真替朋友跟自己要簽名的小男孩，心莫名的就軟了下來。他摸了摸祁謙的頭，承諾道：「比賽之後我會給你的，需要我寫一些什麼話嗎？」

「謝謝。」祁謙笑了起來，他是真的高興，只要涉及到除夕，他總能變得話很多，「我朋友叫除夕，在L市第一市立孤兒院長大，跟你出生的城市是一樣的。他也很喜歡足球，他存錢買了很多張有你的海報，貼滿了整個房間。你能寫上他的名字嗎？」

「當然可以。」費爾南多基本上已經確定了，祁謙的朋友真的去世了。L市第一市立孤兒院的無名大火，是今年B洲影響最大的新聞報導之一。而除夕這個名字總讓費爾南多覺得有點熟悉，可惜就是想不起在哪裡聽過。

不過，這些都無關緊要，被譽為足球界即將冉冉升起的又一顆超級巨星的隊長對祁謙說道：「你猜怎麼樣？你不僅會得到我的簽名，還有別的。」

「什麼東西？」

「秘密，比賽之後你就知道了。」費爾南多有點童心未泯，他的心就像他的笑容一樣彷佛閃耀著光。

十六點五十五分，祁避夏和賈斯蒂娜退場，工作人員以最快的速度撤走了草地上的活動舞臺和地毯。

十七點整，兩隊隊員牽著手中的小球童，精神抖擻的列隊走入了能同時容納幾萬人的A市足球場。

全世界一百多個國家都同時轉播了這場比賽，無數攝影機都將他們的鏡頭對準了這次揭幕戰的主角——C國舉世聞名的巨星蘇球王，以及B洲最年輕的足球天才費爾南多。很多逆時差也要守在電視機前或電腦前的球迷，為的就是看今天新老兩代天才之間的對決。

當然，也有那麼一部分人並不是為了看球星，又或者是看世界盃，他們只是單純的為了祁謙。

如果有彈幕的話，大概在祁謙被費爾南多領著從走道裡出場的那一瞬間，螢幕上就會出現諸如「yooooo，我殿今天依舊是辣麼帥」、「殿下激萌啊，看這裡～看這裡！」、「殿下上場都不忘抱著泰迪熊，難道說那才是殿下的真愛嗎？」等評論。

自六月一日白氏電視臺在週六晚上的黃金檔播出了《因為我們是一家人》的第一集蓉城之旅上半部之後，C國就掀起了一股「家人」熱。很多人都料到了《因為我們是一家人》會紅，卻沒有人能料到它會那麼紅。第一集的收視率就破了二，直奔三而去，是同時段排名第一的綜藝節目，也成為了C國電視史上第一集收視率排名前三的超熱門節目。

之後六月八日又播放了第二集蓉城之旅下半部，收視率破三奔四，最終以4.023收尾，驚掉了所有人的下巴。要知道，除了幾個固定節目以外，別的節目要是有2.5以上收視率就已經可以用當紅節目來形容了。

五個天真可愛、性格迥異的孩子迅速在網路上躥紅，其影響力讓很多二、三線明星都望塵莫及。其中，祁謙的受歡迎程度是最高的……呃，這話一開始是祁避夏說的，祁謙對其真實與否持懷疑態度。

但很快，實實在在的資料證明了祁避夏難得一次的正確：入口網站搜索第一，持續多日的微博熱門話題，祁避夏為祁謙註冊的加V微博的粉絲量比另外幾個孩子的總和還要多，剛剛建起來沒多少天的部落格點閱率已經破了五萬……這些資料就是證據，自稱願當殿下門下民的腦殘粉多得讓祁避夏都有點害怕。

祁謙這個「殿下」的稱呼，自然是跟著祁避夏的「陛下」而來，不少粉絲都覺得祁謙就是從童話故事書裡走出來的小王子，優雅大方、智商爆表，還有逆天的顏值，簡直完美到不可思議。

《因為我們是一家人》的迅速走紅，又或者可以說是爆紅，讓節目組接下來的取景拍攝成為了困難，無論他們去哪座城市，都會遇到瘋狂的粉絲，這也是他們第四期的拍攝選擇在國外的主要原因。

當祁避夏把兒子和賈斯蒂娜、蘇球王以及A市球場的合影發布到微博上時，很多粉絲就猜到了《因為我們是一家人》這次的取景地，甚至是祁謙這次節目裡的任務。於是，幾乎是從微博發出去之後的下一刻，所有有條件的粉絲都打開了電視、網路，期待著祁謙被牽手上場的那一刻。

而當祁謙從球場裡出現的時候，轉播世界盃的體育頻道的收視率達到了一個小高潮，其誇張的波動，讓不明真相的導播甚至都懷疑起是不是資料統計出現了什麼差錯。

「被穿球衣的我殿帥醒」迅速成為了當天以及接下來幾天的網路熱門話題。

比賽開始之後，祁謙和他的小夥伴們並沒有隨著其他球童一起下場，而是乖乖坐到了C國國家隊的教練席上。

A市新建足球場的教練席選擇了最近幾年比較流行的直接建在看臺上的方式，僅一牆之隔的後面就是觀眾席。教練席比草坪的位置要高，視野開闊，方便統籌。

特意買在C國教練席這邊的大部分觀眾自然都是C國人，有留學生，也有特意來B洲現場觀看世界盃的狂熱球迷和不差錢的土豪。在祁謙和他們的小夥伴們坐到教練席後，有不少粉絲認出了他們，熱情的朝他們打招呼。當然，也有不少不明群眾表示，這幾個孩子是誰？怎麼能坐到教練席？

這個問題的原因就要從福爾斯的爸爸蘇球王講起了。

五月下旬，國家隊就集體動身前往B洲，提前適應氣候和場地。這也就直接導致了六月一日國內首播《因為我們是一家人》第一集時，蘇球王只能在C國特意為了這次B洲備戰而建的選手宿舍裡，觀看節目中兒子的表現。由於是不能與外界有任何聯絡的封閉式管理，蘇

球王想看個電視節目還需要提前寫中請單給上級長官，說明理由等待批准。

當批准下來之後，缺乏娛樂的球員們紛紛可憐兮兮的跟球王套近乎求蹭團，好脾氣的球王點頭之後就一傳十、十傳百的傳開了，最終差不多就是全隊一起圍觀了《因為我們是一家人》第一集，裡面甚至包括助理教練和總教練吳志忠。

自此，剛有了個幾歲大的小孫子的吳教練，就變成了節目的忠實粉絲，八日那天的第二集還是他提醒蘇球王一起看的。

當吳教練從蘇球王處得知節日組第四期的錄製選擇了B洲之後，吳教練就一力促成了祁謙等人的球童身分，以及揭幕戰這天坐教練席的待遇。因為吳教練從蓉城的CA友誼賽裡得出了一個靈感，他堅信祁謙等人就是球隊贏球的吉祥物。

球隊教練總是「迷信」的。開場前，這些教練們都酷愛一些在他們看來會帶來好運的事情，好比剃光頭，也好比戴著開光佛珠，更有抱著孫子當吉祥物的。各隊名帥的奇怪信物總是為人所津津樂道。

吳教練以前其實不太信這個，奈何這次世界盃的比賽實在是太邪門，C國簡直是背到了家，先是抽籤不利，和東道主一起抽到了死亡之組，再來是和東道主踢揭幕戰，最後是隊裡一直和蘇球王配合的主力前鋒在即將上場前三天舊傷復發……

林林總總的情況無不給國家隊這次的世界盃之旅蒙上了一層又一層的陰霾，他們實在是太需要一劑強心針來打破低迷的士氣。

於是，吳教練病急亂投醫的選擇了祁謙這幾個天真可愛的孩子。全隊上下基本都在蘇球王的影響下知道了他們的存在，對他們的接受度頗高。

吳教練甚至都不敢求祁謙等人能保佑他們贏，只求平手。

畢竟有百試不爽的「東道主定律」存在——沒有哪個世界盃東道主會在揭幕戰中輸球！只要不輸，大家彼此臉上都好看。

可惜比賽的上半場卻沒能如吳教練所願，B洲的國家隊隊長費爾南多在開場僅十分鐘的時候，就踢進了這次世界盃的首顆進球，將場上比分變成了一比零。反觀C國這邊卻是屢射不中，一直到中場哨聲響起，還是一球未進。而這還不是最可怕的，最可怕的是在哨聲響起的前一秒，B洲小將又神勇的踢進一球，比分變成了鮮紅的二比零。

世界盃與俱樂部聯賽不同，很少會出現大比分的比賽，二比零已經可以說是一個十分危險的數字了。

那一刻的吳教練感受到了一種名為「天要亡我」的絕望氣息。

C國上次奪冠還是蘇球王剛入國家隊那年，此後連續三屆都是坐八望四。總教練的壓力可想而知。

在撤換了三任總教練之後，國家隊再次啟用了當年為國家隊帶來世界盃冠軍的教練吳志忠，期望他再施展一次勇奪世界盃冠軍的魔法。

吳教練因此得到了很大的權力，他上任後的第一個舉動，卻是大刀闊斧的改革，剔除了一些被國內期望甚高的超新星，堅持啟用已經年近四十的蘇球王當國家隊的隊長，以及圈了幾個年齡也不那麼太適合踢頂級賽事，但是當年拿過世界盃冠軍的、屬於他的嫡系球員進入名單。

這在國內造成極大的轟動，可以說是鬧得滿城風雨。

「要麼老兵殘將，要麼嫩得都不知道是誰的小孩，吳志忠的國家隊是好不了了，他不是還沉浸在過去的榮耀裡，就是腦子進水了。」

這是國內很多唱衰的媒體對這次國家隊的形容。

吳教練卻頂住壓力，一個人都沒換的將名單交給了國際足聯。他堅信自己的戰術和球員安排才是最合適的。國內那些被炒作起來的超新星真的不能用，他們都被鎂光燈寵壞了，高調又叛逆，根本不服從指揮，與其帶一個有無數巨星卻內訌不斷的球隊，還不如帶一個大家彼此能通力合作的球隊。老將有經驗，新人有活力，這樣的組合難道不好嗎？

但是隨著主力前鋒在賽前傷病復發的噩耗傳來，好像一下子就坐實了此前媒體的報導，國內媒體都在大肆宣揚「還沒上場就下場，今年不要說四強了，估計連小組賽都難出線」的看法。

吳教練從不後悔，可是這次卻也不得不在現實面前動搖了，他低頭喃喃自語：「我們還能平嗎？」

這句話在嘈雜的球場上根本不會有任何人聽見，除了祁謙。他就坐在吳志忠的右手邊，仰頭看著身邊年事已高、頭髮花白的總教練，問道：「為什麼要平？而不是贏？」

「因為前鋒傷病，大部分新人球員不要說踢世界盃的經驗，他們連國內的頂級聯賽都沒踢過幾場，稍有挫折就會士氣低迷。而對手又有東道主定律，還有費爾南多……」吳志忠一一細數著C國國家隊的不利條件。

「但是我們有球王蘇蹴啊！除夕總跟我說，抱著考及格的心態可是拿不到滿分的。」

吳志忠這才發現跟他搭話的不是教練組的人，也不是替補球員，而是被他視為吉祥物之一的祁謙。這個在節目裡被爆智商在天才級別的小男孩，他在節目裡遇事冷靜，總能想出另闢蹊徑的點子，讓吳志忠印象深刻。

如今，祁謙的一句話如醒醐灌頂，讓吳志忠頓悟。是啊，連小孩子都懂的道理，他怎麼就能魔障似的忘了呢？足球是一項競技類比賽，需要的是必勝的決心和意志，而不是什麼綿軟的逼平！

半個小時的中場休息後，沒人知道在C國國家隊的休息室裡，總教練吳志忠對他的隊員們說了什麼，但全世界觀眾有目共睹的是，下半場開始後C國國家隊展現了與上半場截然不同的精神面貌。倒不是說他們上半場不努力，而是說上半場他們更像是入了鞘的寶劍，下半場他們才終於亮劍，展現出了銳利的一面，氣勢如虹不可擋！

最終，那場比賽的結果過如吳志忠總教練一開始所期望的那樣，二比二，C國下半場翻盤，逼平了東道主。

東道主定律依舊沒被打破，但C國也沒有輸得臉上無光，大家握手言和。

吳志忠一直提著的那顆心終於落回了肚子裡，然後他做了一件差點被萬眾粉絲扒窗戶的事情——他在眾目睽睽之下，抱起身邊的祁謙，狠狠的在他臉上親了一口。

球場大螢幕上正好捕捉到了這一畫面，進而播放到了全世界觀眾的眼前。各國演播室裡的主持人們，也都帶著善意紛紛對吳教練這一獨特的慶祝方式進行了短暫的調侃，有說小孩可愛的，也有眼光如炬覺得這小孩應該就是吳教練今年的吉祥物的。

坐在貴賓席看比賽的祁避夏要是沒有阿羅攔著，估計能直奔過去和總教練拚命。他已經顧不得B洲的歌后賈斯蒂娜就坐在旁邊，開口道：「臥槽那老頭占我兒子便宜！」

「你冷靜一點，這只是球場上很正常的慶祝舉動。」

雖然國家隊並沒有贏，但他們能在主力前鋒受傷、兩分落後的情況下，在下半場逆轉逼平東道主，已經是個奇蹟了。都說萬事開頭難，當這個頭開好了，下面很多事情也都會變得順利起來。慶祝一下實屬正常。

「我不管，我只知道他親了我兒子的臉！」

「我還知道現場不僅有劇組的攝影機，還有來自全球一百多個國家體育電視臺的攝影機呢！」阿羅快瘋了，「你想丟人丟到全世界嗎？！小天王祁避夏同學！」

「我就要去掐死他！」祁避夏很執著。

「殺人犯法。」大神二木水幽幽的來了這麼一句。

「……」全場沉默三秒鐘，紛紛被大神的神來一筆震住了——你是認真的嗎大神？要是開玩笑的話也未免太冷了啊……

結果，那晚老天好像還嫌祁謙不夠引人注目似的，當全世界的觀眾們尚在猜測著總教練為什麼親祁謙表示慶祝的時候，B洲目前最受矚目的足球天才費爾南多，帶著B洲國家隊的球衣跑到了祁謙面前——

交換球衣？

WTF？！

差不多所有人的表情都變成了「=□=」這個樣。雖然說交換球衣沒規定是只能上場的球員之間交換，可你跟一個球童交換是要鬧哪齣啊？

費爾南多不僅跟祁謙交換了身上國家隊隊長的球衣，還為祁謙帶來了一件他在俱樂部裡踢球的七號球衣，這是他讓經紀人特意趁著比賽時去取的。這件球衣上面簽有B洲國家隊二十三人名單中所有國腳的名字，還有B洲總教練——世界現役十二大名帥之一的哈格爾的簽名。

而在白色球衣正面最顯眼的地方，用C國和B洲兩國的語言寫著：贈除夕。

「謝謝。」祁謙在遞上自己尺碼過小的球衣之後，拿著兩件來自費爾南多的球衣，揚起了從未有過的最大幅度的笑容，「除夕一定會很高興的。」

「別攔著我，我要去掐死那個敢讓我兒子脫衣服的混蛋！」貴賓室裡祁避夏還在撕心裂肺著。

「你能不能不要說得這麼曖昧？你兒子才幾歲？可以正經點嗎？」阿羅真是恨不得直接給祁避夏一記手刀。

球場上，費爾南多對祁謙說：「我終於想起來除夕這個名字我在哪裡聽到過了，L市的市立第一孤兒院被大火燒了之後，由某個來自C國的匿名捐助者全額投資進行了重建，唯一

的要求就是希望新建的孤兒院能以『除夕』命名，我猜那個捐助者應該就是你爸爸祁避夏，你有個好爸爸。」

祁謙一愣，之後他也跟著笑了起來：「嗯，我有個好爸爸。」雖然做事蠢了點，腦細胞詭異了點。

下午五點開始的比賽，七點多結束，正是B洲太陽落山的時候，夕陽如血，染紅了天邊的雲彩。

祁謙再次回想起了奄奄一息倒在血泊裡的除夕。清秀的小男孩面色如紙，聲音顫抖，卻依舊在努力的對祁謙不斷重複著說：「去……去救祁避夏……去救他，你不會後悔的……相信我，去救他，你就聽我這一次……」

「你們在說什麼？」蘇蹴上前道。他本來是打算找費爾南多換球衣的，結果卻好像聽到了很不得了的東西。

蘇球王以前在B洲打過聯賽，B洲語說得很不錯。

費爾南多將除夕的故事簡單的跟蘇蹴交代了一下。蘇蹴是他的偶像，他很樂意多和偶像交流交流。

蘇蹴在聽了之後，經過短暫的沉默，轉身對教練組的人問道：「有麥克筆嗎？」

蘇球王表示，這種事情怎麼能讓B洲足球隊專美於前？

於是，在祁避夏終於突破重圍、匆匆從貴賓室下到球場的時候，祁謙已經得到了一件簽滿B洲和C國兩隊國家隊球員的本屬於費爾南多的七號球衣，那上面還包括了兩隊的總教練簽名。這件球衣在後來被無數人天價求購，祁謙卻始終沒有鬆口，因為這是屬於除夕的。

大部分媒體將那一幕稱之為「幸運的C國男孩」，而在祁謙的粉絲眼裡則成為了「我殿霸氣征服全場」的證據。

費爾南多還和祁謙交換了手機號碼，「如果你在B洲逗留，歡迎來看我踢球。」

「好。」祁謙也開始有點喜歡費爾南多了，因為他替除夕準備的這份意外驚喜，「有空去C國玩，我帶你。」

「會有那麼一天的。」費爾南多捏了捏小大人一樣的祁謙的臉，他是真的很喜歡祁謙。

觀眾對這一幕表示喜聞樂見，大帥哥和小帥哥的友好互動，簡直太養眼了。只有一個人不這麼覺得——傻爸祁避夏，他覺得這個B洲人實在是太糟糕了，總占他兒子便宜，簡直不能忍！一定要嚴厲的告訴兒子，絕對不能再和這種人玩了！絕對！

結果他話到嘴邊卻變成了：「寶貝快把衣服穿上吧，雖然B洲熱，但也是會著涼的。」

費爾南多本就喜歡祁避夏的歌，經過這一晚之後，他對祁避夏的觀感更好了，覺得媒體對祁避夏很多的負面報導實在是言過其實。祁避夏是個很好的人，衝他對兒子的態度就能看出來，於是費爾南多主動熱情的笑著打招呼道：「你好。」

祁避夏在外人面前總是很冷豔高貴的，即便他剛剛才把兒奴臉顯露無疑，不過他還是很掩耳盜鈴的假裝剛剛什麼都沒有發生，對費爾南多矜持的點了點頭，「你好。」

祁謙拉了拉祁避夏的袖子，第一次主動對祁避夏說：「抱。」

祁避夏立刻就扔下了剛剛的冷豔臉，毫無節操、一臉蕩漾的對兒子表示：「嗷嗷，寶貝

站得累了嗎？來來來，爸爸抱抱，好心疼啊好心疼，晚上回去爸爸幫你按摩好不好？」

——好蠢怎麼辦？真應該收回剛剛的話。ＢＹ：面無表情的祁謙。

——我的偶像怎麼可能這麼蠢萌？！ＢＹ：偶像幻滅的費爾南多欲哭無淚。

「爸爸你能幫費爾南多簽名嗎？」祁謙記得之前費爾南多說過很喜歡祁避夏的歌，用祁避夏的簽名作為球衣的回禮應該不會顯得太失禮。他對費爾南多表示：「希望你會喜歡，我爸爸的簽名還是很好看的。不像他人這麼蠢。」

——爸爸！爸爸！！我兒子主動叫我爸爸了！！！

這一晚祁謙打破了太多個第一，祁避夏覺得自己都快激動得暈過去了。

費爾南多確實挺想要祁避夏的簽名，奈何不知道怎麼開口，幸而有祁謙幫他解決了這個煩惱。

助理小錢遞上了祁避夏新出的單曲光碟片，「這是正準備上市的單曲，上面有陛下提前簽好的名字，只送給陛下朋友的特別版喲，希望你會喜歡陛下的新歌。」

費爾南多鄭重的收下光碟片，為這樣的意外驚喜而高興著。

跟著費爾南多過來的幾個Ｂ洲年輕的球員一看祁避夏這麼好說話，也立刻湧了上來求簽名，而Ｃ國的球員也不甘落後，很快祁避夏就被淹沒了。足球吃的就是年輕飯，換句話說就是Ｃ、Ｂ兩國的球員鮮少沒有不是祁避夏的粉絲。

最後祁避夏父子倆被兩隊球員簇擁在最中間，照了一張合影。照片裡，祁謙一手抱著泰迪熊，一手拿著簽有眾多球星的球衣，笑得無比燦爛。

此去經年，體育、娛樂兩界，再難有合影人員的總價值超過這張照片的。

「除夕是誰？」

這個成了祁謙粉絲討論最長時間的話題。

自祁避夏上傳了祁謙那件簽有眾多球星名字的球衣之後，就有細心的粉絲發現了「贈除夕」這三個意味不明的字。

祁謙的粉絲中不乏堪比柯南轉世的人才，最終透過L市市立第一孤兒院改名叫除夕孤兒院，以及祁謙曾在市立第一孤兒院生活過一段時間的蛛絲馬跡，得出了兩個推論——

一、除夕是殿下除了謙寶以外的小名。

二、除夕是殿下曾經在孤兒院裡的小夥伴，一場大火讓他們天人永隔……

當《因為我們是一家人》的第四期，也就是第七、八集播出後，被證實了真相是後者。

有粉絲在最大的社交論壇上發帖——

【摯愛殿下】簡直不能忍，被基友畫的殿下配對短漫虐到了，樓主決定來報復社會！報復社會！報復社會！重要的事情說三遍！

0L：前情提要——樓主有個基友是畫手大大，同萌殿下，大大基友每次畫完殿下總愛與樓主分享。（絕不是秀恩愛，樓主以愛殿下的心發誓！）

基友腦洞比較大，酷愛用各種虐戀情深的姿勢來愛殿下，這次基友畫的短漫配對是除夕……已經感覺到虐的節奏了是不是？等看完短漫你就知道，沒有最虐，只有更虐！基友畫功絕對MAX，短漫內容虐心程度也絕對MAX，樓主真的是被虐得一臉血啊一臉血！基友卻事了拂衣去，深藏身與名，淡定跟樓主說：「怪我咯。」

#哪怕是最好的基友，一生中至少也會有十次殺了對方的想法#

#於是我決定報復社會#

[圖片][圖片][圖片][圖片][圖片]

PS：知道很多人看完之後會想打樓主，所以樓主決定跟基友學習：怪我咯╮(╯▽╰)╭

1L：果然欠揍！

2L：莫名的手裡多了火把和汽油，燒燒燒。

3L：警察叔叔，就是這個人，在公共場合放虐心短漫，不厚道！

……

1166L：幸好我不萌殿下X除夕這配對，殿下是阿多尼斯和阿波羅的！3P才是真愛！

1167L：嚶嚶嚶，人家更萌雙胞胎自產自銷怎麼辦？

1168L：殿下明明是陛下的！父子一生推！

……

2288L：殿下明明和蛋糕才是一對好嗎？！王子公主的美好童話，再沒有比這更棒的組合了，同性戀都是變態！

2289L：2288L畫風不太對啊。說同性戀是變態，你戀童癖就不是了嗎？！

2290L：都是變態，幾個平均才六歲的孩子，真不知道樓上們在意淫什麼，怎麼下得了這個口喲，求放過小孩子吧。

……

3000L（管理員封貼）：本帖內容不適，請勿再更貼。

自祁謙在網路上紅了之後，關於他的配對帖子就層出不窮，有萌他和蛋糕的正常向的，也有萌他和除夕又或者雙胞胎的同性向的，更糟糕的則是萌他和祁避夏的禁忌向；小清新幻想幾個孩子長大後的文有之，重口味的情色暴力文也有，且屢禁不止。

由於數量太大，根本無從管理。這曾是祁避夏的一塊心病，他不反對那些意淫他兒子長大之後的作品，但他很厭惡那些連孩子都不放過的所謂「真愛」。

這是一場曠日持久的戰爭，但祁避夏絕不會放棄。

當然，那都是以後的事情了。此時此刻，祁避夏還沒有遇到這些糟心事，他正沉浸在他一生中最幸福的時刻裡——B洲A市世界盃揭幕戰的當晚，他的兒子主動抱他了，還叫他爸爸了！

「我是這個世界上最幸福的人！」

「我不知道你是不是最幸福的人，但我可以肯定你要是再繼續這麼當著攝影機的面發神經下去，你會成為全世界最神經病的人。」阿羅瞇眼緊盯著祁避夏，咬牙切齒的提醒他：「你

要是敢讓我這麼多年來對你形象的辛苦打造付諸一炬……呵，你不會想知道結果的。」

「對不起我錯了！QAQ」祁避夏立刻五體投地式跪拜認錯。

當晚，在回到B洲A市當地民居的房子睡下後，父子倆同床共枕的時候，祁謙小聲的對祁避夏說了一聲：「謝謝。」

「嗯？」祁避夏被兒子突如其來的道謝弄得有點懵。

「我聽費爾南多說了，你捐款給孤兒院，讓孤兒院重建，還用除夕的名字命名。」

「誒誒誒？你怎麼猜到是爸爸的？」

捐款的確是祁避夏的主意，提出唯一的要求是孤兒院要以除夕的名字命名也是祁避夏的主意，這還是一開始在《下一站超模》總決賽的錄製現場，米蘭達告訴他要對兒子投其所好後得來的靈感。

那個時候的祁避夏，是想著新孤兒院建成後一定要向謙寶炫耀，好博得兒子的好感。但後來祁避夏隨著和兒子感情的深入，卻不再那麼想了，他發現他願意為祁謙做這些，並不是很功利的希望祁謙能喜歡他，他只是希望祁謙能高興，他想為祁謙最好的朋友做些什麼。於是祁避夏就沒把這件事情告訴祁謙，但沒想到最終祁謙還是知道了。

「因為只有你會蠢到做出這種『做好事不留名』的蠢事，還以為我會猜不到，除夕的名字我只告訴過很少的人。」而那些人裡面只有你會傻到為我做些。

祁謙決定把最後一句話嚥進肚子裡，免得祁避夏又像是今天在球場上那樣發瘋。

「嘿嘿，這就是父子之間的默契。」永遠都能正確解讀兒子話裡意思的祁避夏笑得依舊很神經，「桀桀桀，小娘子你就不要再彆扭了，乖乖從了本大王吧！」

「煩！」祁謙果斷俐落的結束了那晚的對話。

一會兒之後……

「兒子，你睡了沒？」

「沒。」

「那你作為獎勵，主動給爸爸一個晚安吻好不好？」

「……你剛剛說什麼？」

「晚安吻。」

「不是，上一句。」

「睡了沒？」

「睡了！」

又過了一會兒……

「兒子你這麼剽竊別人的梗，那人知道嗎？」祁避夏才不會承認他是反應了一下，才想起來他兒子剛剛拒絕他的方式是他從網路上看到，覺得好玩而特意講給兒子聽的。

「……」沉默，死一般的沉默。

「乖寶，裝睡是沒用噠～」

「你看不見我的手勢嗎？」

「什麼手勢？」

燈一關，基本上就什麼都看不見的地球人簡直弱爆了！祁謙不緊不慢的回答道：「鄙視你的手勢。」

「……」這次輪到祁避夏無語了。

「玩家【祁謙】對玩家【祁避夏】會心一擊，造成玩家【祁避夏】失血量-10000，血槽清空，玩家【祁避夏】撲街，Game Over。」

祁謙用平波無瀾的語調替祁避夏配音，臺詞藍本來自全息網遊《法爾瑞斯 online》。

「……兒子，你什麼時候開始涉獵全息網遊了？略高端啊。」

「我玩的是你的遊戲帳號。」

祁謙對網路遊戲本來是沒什麼興趣的，但是每每聽到祁避夏跟他抱怨說自己在《法爾瑞斯online》裡又被誰誰誰殺了，這已經是他第多少次死了，裝備耐久度又掉了什麼的，祁謙就會很暴躁。最後忍無可忍、無須再忍的祁謙，就上網路論壇摸清了操作方式，然後登入祁避夏的帳號，練了幾手後他就順著仇恨值榜替祁避夏挨個殺了回去。

「你以前的仇敵都太弱了。」

「爸爸愛你～但是不親還是會繼續煩你喲～」

祁避夏這個人真的是深諳得寸進尺的精髓。

一陣窸窸窣窣的聲音之後……

「啵啵，幸福值滿點了！」

「……閉嘴，蠢貨，不要讓我後悔我剛剛的舉動。」

然後？然後就沒有然後了。

無論這集播放出來之後，網路上有多少人在嚎啕著求開燈，又有多少人在刷著「不當拉燈黨，從你我做起」的熱門話題，那天晚上攝影機什麼都沒錄下來已經成為了一個不爭的事實，改變不了了。

第二天天還沒亮，四組家庭就分別行動，搭乘著不同的航班從B洲A市前往B洲另外四個也會承辦世界盃比賽的城市，開始了他們接下來的活動。

「二人の甜蜜之旅！」蠢爹自昨晚開始就一直處於莫名的亢奮狀態。

「不會說話就不要說話，謝謝。」阿羅在攝影機後面都快哭了，你沒看到嗎？

三十二支來自世界不同國家的球隊，將會分別在B洲十二座不同城市的足球場裡展開對戰，網路上戲稱為黃金十二宮。

為了將黃金十二宮，咳，不對，是將這十二座足球場都收錄進鏡頭裡，節目組特意將兩天兩夜的旅程改成了三天。除了A市足球場以外，四組家庭每個家庭還會被分配兩到三個參觀足球場的任務，或互有交集，或獨立完成。總之，在節目結束時，他們必須踏遍全部的足球場，以及吃遍各個城市美味的特色小吃。

為了保持身材不能吃東西的米蘭達表示：這不是害人嘛！總導演李杜絕對是和我有仇！十一座體育場，十一個城市，只剩下不到兩天的時間，哪怕是四組家庭分工完成，時間也十分緊迫。劇組一開始還害怕連續不斷的飛行旅程會讓孩子吃不消，但事實證明吃不消的永遠都不會是精力旺盛的小孩子，只會是糟糕的大人。

大神三木水作為標準宅男，是最吃不消的那個，當晚他連做節目的自覺都拋卻了，在節目裡第一次主動打電話給他的同性愛人森淼：「為什麼來參加節目的不是你！不是你！不是你！你是不是早就知道了這樣的旅行地獄，故意害我，嗯？！居心叵測，簡直不能忍！」

電話那頭的森淼默默的看了看辦公室裡堆積如山的文件，淡定的說：「我也在好奇為什麼不是我。」

三木水的同性愛人森淼，獨立經營一家網遊公司「時代」，時代遊戲只出了一款遊戲，卻撐起了全球二分之一的遊戲產業，因為那是全球首款、獨此一家的全息網遊《法爾瑞斯online》。全球最著名的作家、文學家晴九去世前，親自設計了遊戲世界框架，還執筆寫了前傳三部曲，可惜在書籍出到第二集時晴九就病逝了，那個波瀾壯闊的史詩級故事終成絕唱，再無人有筆力可續。

可是也因為晴九的死，時代的全息網遊一下子就紅遍了全球，但凡有媒體或個人提到晴九，就會捎帶上提起他的遺作，完全替遊戲做了免費的宣傳。

再加上全息網遊這種被期待了很多年的新穎模式，哪怕是遊戲艙賣出了天價，也有大把的人爭先恐後掏錢給時代遊戲，生怕買不到遊戲艙。後來遊戲艙也真的斷貨了，這個倒不是真的沒了，而是奸商森淼的飢渴行銷，等遊戲艙再有貨的時候，已經改頭換面成了第二代，價格翻了一倍不止。

祁避夏家的遊戲艙倒是免費的，在遊戲還沒正式推出之前，祁避夏就透過常戚戚的關係得到了一臺試驗品，功能和正式版的遊戲艙一樣，就是少了虹膜防盜系統，那是後期才裝上的，早期送給親朋好友試玩的都沒有。

這也是祁謙能直接登入祁避夏遊戲帳號的主要原因。

說回在節目裡大秀恩愛的大神三木水和森淼，即便明知道是愛人在無理取鬧，坐擁一整個遊戲帝國的酷炫總裁也還是二話不說的就把錯都攬到了自己身上，不斷道歉直至三木水消氣：「正好你在，順便幫忙問問祁避夏吧，看能不能讓他兒子幫我遊戲裡的某個角色配音，最近要開新地圖了。」

「成。」三木水點了點頭，攝影機只能拍到他說話的聲音，並不存在洩密的問題。

「趕緊去休息吧，等你回來。」

「女兒歸你。」三木水趁機提條件。

「說話可得講良心，徐小凌，女兒什麼時候不是我的了？」

森總裁是眾所周知的模範丈夫，鬨得了上市公司，哄得了調皮孩子，下班準點回家，週末從不加班，進家之後就會開始很自覺的擔任起陪女兒玩的重任，週末還會負責帶女兒到處亂瘋。不僅不要一分錢，還會雙手奉上自己的全部家當，比傭人可划算多了。

「上班時間也歸你。」

「……不是我不想帶女兒去公司，只是你也知道公司裡的情況，一堆單身恨『嫁』的程式猿、程式狗，還都是魔法師（注：指三十歲沒破處男身者），我們女兒這麼可愛，帶去公司那不是羊入狼窩嘛，太危險了。」

這個世界上不是只有祁避夏這種由內到外都散發著蠢字氣息的蠢爹，也有森淼這種從外表完全看不出來但內心已經戀女成狂的傻爸。

「我不管。」大神很任性。

電話那頭，森淼哭喪著臉向來彙報工作的專案經理用口型表示：他不管。QAQ

專案經理聳肩：我想管也管不了。

最終，森淼只能說：「跪求好歹寬恕個日期啊，英雄。」

「一週。」

「成交！」森淼回答得特別果斷，生怕三木水漲價。

這段播出後，「這麼公開秀恩愛真的可以嗎？」、「大神大神，這是你掉的冷豔高貴嗎？」、「彆扭受寵溺攻一生推啊！」、「雖然沒有聽到電話那頭大神愛人的話，但莫名能全部腦補出來呢。」等等言論在網路上十分活躍。

這都已經不是國民配對了，而是官方逼死同人的節奏。

當四組家庭最後一晚再次齊聚B洲A市時，四個明星坐到沙發上齊齊發出了一聲舒服的呻吟，真是恨不得就這樣死在沙發上。而他們的孩子們……正在嘰嘰喳喳的和小夥伴分享著旅途趣聞，以及期待著一會兒去A市的快遞公司放時間囊的旅程。

「天啊，當聽到我兒子說還有時間囊這個環節的時候，我這才意識到節目並沒有結束，我當時唯一的感覺就是快來個人殺了我吧，但求給個痛快。」米蘭達在事後錄製旁白時如是說道。

「我覺得我已經走完了我一生需要走的全部的路。」宅男大神三木水也是淡定不復。只有祁避夏興致勃勃的表示：「嗯，我和我兒子早就商量好了，節目結束之後我們先不回LV，留在B洲看完世界盃再回去。至於中間的通告問題，除了《因為我們是一家人》以外的工作我都已經推了。累嗎？當然累。但這可是我和我兒子難得相處這麼長時間的機會，再累也值。」

當幾個明星得知祁避夏接下來還要在B洲逗留後，米蘭達和三木水齊的用像是在看怪物一樣的眼神看著祁避夏，最後相視一嘆：「果然還是年輕好啊。」

「那孩子的學業怎麼辦？」赫拉克勒斯總愛在小地方給祁避夏碰軟釘子，雖然他要負責照顧兩個兒子，但他的兒子們都很聽他的話，他平時為了保持身材而每天堅持做的運動也終於有了用武之地，不太累的他自然也就有精神找祁避夏的麻煩。

殊不知，祁避夏早在等赫拉克勒斯的話了。

「我兒子自己搞定了薩門俱樂部的入會測試，現在是薩門的會員了。C國對薩門俱樂部裡低年齡會員有些額外的學籍照顧，謙寶正在自學中，等暑假之後，視他的成績決定是直接上國中還是上高中。」

祁避夏想炫耀這個消息好久了，奈何一直沒找到機會，等了三期才等到赫拉克勒斯的這一問。

「薩門？那個智商沒有一五〇就別想加入的薩門？謙寶的智商測試結果是？」米蘭達很配合的接了祁避夏的話頭。

其實她早就知道祁謙的測試結果是多少了，祁避夏N天前就已經在微信上曬了出來。其中常戚戚的留言讓米蘭達印象深刻——得意什麼，你不還是一樣的蠢？

「一六二，其實也不是特別高啦。」祁避夏用C國慣有的家長炫耀模式低調謙虛道。

「炫耀者死！」三木水也跟著開玩笑道。他也屬於早就知道測試結果的人之一，從他表姐常戚戚那裡。

常戚戚看過祁避夏的微信之後，就非要帶著蛋糕也去相關機構測一次智商，她倒是沒什麼特別的想法，就是親戚之間很常見的攀比孩子的行為而已。

可惜，蛋糕就是個再正常不過的普通人，沒有特別低，也沒有特別高。三木水和森淼對於這個結果很滿意，他們是寧可女兒笨一點，也不想女兒像祁謙那麼愛嘲諷人。

赫拉克勒斯不甘心的繼續追問：「我平時怎麼沒看到謙寶在自學？」

五個孩子基本上都是有作業的人，雙胞胎一年級，剩下三個小的上幼稚園，但幼稚園也是有作業的，好比做卡片給父母、寫一首詩、畫一幅畫，又或者寫一篇只有幾句話的文章。一週一次，孩子們在週末錄節目，自然只能帶著作業到劇組裡寫。劇組對此喜聞樂見，家長輔導孩子寫作業什麼的也是很有愛的溫馨一幕。

「他現在已經不用去幼稚園了，平時自己都有自覺學習，我看他太辛苦，就和他約法三章，做節目的時候不許看課本。我實在是太苦惱於他平時都不怎麼愛出去玩這點了。」

這是只有資優生的父母才能體會的煩惱，特別奢侈。

鏡頭最後默默給了祁謙，他正在教雙胞胎預習二年級的課本。四期節目，在福爾斯鍥而不捨的努力下，五個孩子開始真正友好的相處了起來。連祁避夏都發現了，雙胞胎其實沒他們父親那麼討人厭，簡單來說就是還可以搶救一下。

至於當初他們錄歌時的表現，祁避夏很陰謀論的覺得他們其實是受赫拉克勒斯的指使，不得已而為之。畢竟在那次設圈失敗之後，雙胞胎的表現都很正常，他們也不過是七歲的孩子，祁避夏覺得自己實在不應該用太大的惡意去揣測他們。

祁謙對於雙胞胎的態度依舊是可有可無，事實上，幾個孩子裡他只在乎蛋糕這個親戚。

而小公主對此可滿意啦！

由於家長們實在是走不動了，五個孩子獨立組團去了快遞公司開設在國外的分公司，該公司提供的是二十四小時服務，不怕不開門。

雙胞胎哥哥阿多尼斯幾次想要跟祁謙開口，最後卻礙於攝影機，還是什麼都沒說，只是埋頭躲在攝影機拍攝不到的角度在放入時間囊的信上寫下：H！E！L！P！

×月○日 **第八篇日記**

傳說中的尾巴升級

第二天一早，節目組的人相繼離開飯店，搭乘飛機回Ｃ國。福爾斯倒是挺想留在Ｂ洲看他爸爸踢球的，奈何他媽媽米蘭達工作繁忙，沒辦法陪他在Ｂ洲耗上整整一個月。

米蘭達多年前自己創設一個服飾品牌，這幾年正在上升期，而今年九月份Ｆ國時裝週將會決定她的牌子能不能正式擠入一線大牌的行列，她的工作室為了這件事都快忙瘋了，作為工作室的擁有者，米蘭達自然是必須親自坐鎮的。再說家裡還有一個嗷嗷待哺的小七公主，米蘭達哪裡捨得離開女兒太久。

「我不能和謙寶還有謙寶的爸爸一起嗎？」肉肉的福爾斯看上去可憐極了。

祁避夏差一點就要心軟說出收留福爾斯的話了，結果米蘭達卻搶先開口詐唬兒子：「媽媽只幫你辦五天的工作簽證，你自己算算你在Ｂ洲已經住了幾天？簽證過期是要罰錢的，罰很多很多錢，到時候你想回Ｃ國都回不了了，需要辛苦的在Ｂ洲工作還錢，還沒飯吃！」

「……」圍觀群眾表示，這段話槽點太多已經不知道從何吐起了。最簡單的反駁就是持有Ｃ國國籍的人在Ｂ洲是免簽的啊親！

但福爾斯畢竟還是太小了，沒什麼經驗，以為媽媽說的就是真相，聽後哇的一聲就哭了起來：「我想吃飯！但是我們就不能延長簽證嘛？」

莫名的所有人都在默默期待著米蘭達的回答。

「能啊，但得需要回國才能辦理手續。」

服了！真不愧是擁有六個熊兒子和一個女兒的女人，應對孩子的戰鬥經驗實在強悍。但是這樣信口胡謅騙孩子真的好嗎？幸好節目已經停止了錄製，要是把這段放到網路上，目前

被炒得很熱的好媽媽米蘭達就要被口水淹死了。

雖然說C國的家長大多為了哄孩子聽話都會做出一些不切實際的許諾，但他們在指責別人不能騙孩子時也是能特別理直氣壯。

於是，等到吃午飯的時候，才終於只剩下了祁避夏父子……還有他們的保鏢和助理。

午餐桌上，祁避夏正在和祁謙商量接下來的行程。

昨天晚上祁謙在確定真的會留在B洲看完全部的世界盃比賽之後，就向手機上為數不多的聯絡人紛紛發了簡訊。好比告知白冬大伯關於自己接下來的行程，確認平安，也好比跟費爾南多說我會去看你的比賽為你加油。

之後費爾南多就打來了電話，邀請祁謙坐到B洲教練席去看B洲的第二場小組賽。

同樣發來這樣邀請的還有C國國家隊的總教練吳志忠老爺子，他從球王蘇蹴那裡得知祁謙的行程之後，就馬不停蹄的發來了邀請，因為他已經從堅信《因為我們是一家人》裡的五個孩子是他的吉祥物，進化成了堅信祁謙才是他這次世界盃之旅的吉祥物。

祁避夏嚴肅的跟兒子討論：「這兩場小組賽在不同的城市舉行，我們必須有所取捨。」

「B洲那場是十八號下午四點在W市，C國那場是十九號下午七點在R市，W、R兩市之間的飛行航程是一小時，我完全沒感覺到需要什麼取捨。」事實上，祁謙兩邊都已經答應過了，看費爾南多是因為那是除夕喜歡的球員，看C國國家隊則是因為除夕總跟他說真希望能看到C國再贏一次世界盃。

——為什麼我兒子就沒有福爾斯那麼好糊弄呢？！

祁避夏憂傷極了，不過幸好他機智，還準備了計畫B，「但是爸爸想看十八號下午一點在Q市舉辦的E國虐H國的比賽啊。」他作為B洲世界盃主題曲的演唱者，得到了兩份比賽的貴賓席套票，想看哪場就看哪場。

「這樣可就難辦了。」祁謙皺眉，最終他決定道：「那這樣，十八號你去Q市，我去W市，然後十九號在R市集合。」

——結果變得更糟糕了好嗎？！

「可是如果那樣的話，由誰來照顧你呢？放你單獨和保鏢、助理在一起，爸爸絕對不可能放心！阿羅也已經回國了！」

「費爾南多說他可以照顧我。」祁謙揮了揮自己的手機。

即便祁謙覺得他肯定能自己照顧好自己，但他也知道說出這話基本上就等於葬送了自己的自由，祁避夏對身邊人的極度不信任，已經到了需要去看心理醫生的地步，根本不可能放他和保鏢、助理在一起，所以祁謙明智的選擇了拿費爾南多當擋箭牌。

——最糟糕的結果終於出現了！就是因為不想你和費爾南多在一起，我才費盡心思想要阻撓你去看十八號的那場好嗎？

祁避夏深深的體會到了什麼叫搬起石頭砸自己的腳。

◎◆◎◆◎◆◎

最後十八號那天，祁避夏還是選擇了和祁謙一起去看B洲的第二場小組賽。

祁避夏振振有詞：「雖然很想看E國虐H國，但是比起兒子你的安危，爸爸的個人喜好又算得了什麼呢？而且東道主B洲是奪冠熱門，A組裡又有三支強隊，是出線形勢不明朗的典型死亡小組，比賽想必會很精采，我決定多給些期待。」

助理小錢在後面吐槽：說那麼多還不就只是因為想跟兒子在一起看比賽，解釋就是掩飾啊！能不能別這麼蠢？！

結果祁避夏還是枉費了心機，因為比賽的時候他坐的是B洲足協免費提供的貴賓席，身邊一票的知名人士，祁謙則坐到了全場最特殊的位置——教練席，和對他十分友好的B洲替補球員們一起從最近距離的地方圍觀整場比賽。

大概是提前得知了祁謙會來，當初拿了祁避夏簽名的替補球員們都特意準備了小禮物給祁謙——各種糖果零食、飲料還有玩具。

哪怕是以嚴肅著稱的總教練哈格爾也選擇了睜一隻眼、閉一隻眼，隨隊員們去了。

和兒子隔著一整個足球場，祁避夏表示好心塞：總感覺像是被分在了銀河兩端的牛郎和織女呢，嚶嚶嚶，這冷酷無情、無理取鬧的世界！

助理小錢輕咳一聲道：「陛下，小的還不想失業，您能高抬貴手，稍微照顧一下自己的形象嗎？」

他們坐的是貴賓席，有眾多B洲名人的貴賓席，而名人加在一起的效果就是攝影機的偏愛。祁避夏稍稍崩一下人設，都有可能被播放到全球。

祁避夏瞇眼，充滿殺氣的對著小錢一笑。

小錢腰一軟，立刻就轉移了話題：「快看，進球了！」

「哪隊？」

「K國。」

「太好了！」

貴賓席的一眾B洲名人紛紛側目，看祁避夏的感覺就像是在看一個死人。

A組三個強隊，東道主B洲的籤運不佳，前兩場小組賽就分別對上了另外兩個強硬的對手。這三個強隊都曾獲得過世界盃冠軍，可惜如今又或多或少面臨著一點榮光不再的危機，自然是誰也不想成為連小組賽都沒出線的笑話，於是只能拚盡全力。

小組賽第一場，C國和B洲戰平，K國輕鬆贏了A組中最弱的觀光球隊D國，小組賽積分暫居第一。C國第二場的對手是弱雞D國，贏球差不多也是板上釘釘的事情，所以B洲想小組賽出線，這場就必須拿下K國。但K國又豈是那麼容易被B洲贏過去的？開場不到一分鐘，K國就給了B洲一個下馬威。

全世界都在關注著B洲的傳奇總教練哈格爾的應對之策。但讓人大跌眼鏡的是，這位不苟言笑的總教練不僅沒有因為場上的局勢擔心，反而很有些閒情逸致的在球場邊逗著身邊一個看上去有點眼熟的小男孩玩。

這個倒楣孩子自然就是祁謙了。他也不知道為什麼，在K國進球之後，總教練哈格爾的

第一反應不是指揮場上的球員，而是走過來摸了摸他的頭，嘴裡唸唸有詞道：「鯉魚大王，法力無邊，B洲下球一定進，K國一定不進！」

祁謙被唸得匪夷所思。

比較迷信的哈格爾在那張不苟言笑的外表下，隱藏著如此一顆特別少女的粉紅心。他在第一場小組賽後仔細分析了B洲和C國的比賽，怎麼想都覺得他的戰術安排是沒問題的，以C國那隊老的老、小的小的局面，根本不可能和他戰平。那到底是哪裡出現了差錯呢？

最終，哈格爾得出了一個神奇的結論——祁謙。

事實上，在那場比賽開場前，吳教練特意讓五個孩子坐在教練席的舉動，就已經入了哈格爾的眼。他那顆迷信到不行的大腦，在第一時間就頓悟了那五個孩子應該就是吳志忠的吉祥物。但當時他並沒有放在心上，因為他比賽前特意去問了他的專屬占卜師，對方說他比賽那天的勢是最旺的，如無意外，誰也無法在運上贏過他。

直至被二比二逼平，追悔莫及的哈格爾才意識他遇上那個意外了！

結合從費爾南多那裡瞭解到的祁謙是孤兒院大火唯一生還者的資訊，以及吳志忠最後親吻祁謙臉頰的畫面，哈格爾認定了祁謙就是那個意外。於是在費爾南多邀請祁謙來看他們比賽的時候，哈格爾不動聲色的就讓費爾南多安排祁謙坐到了教練席。

從今天的卦象來看，哈格爾本就是有楣運的，開場不到一分鐘的進球說明了一切。所以他很迫切的希望祁謙能祝他轉危為安，度過這場危機。

祁謙：「……」

結果也不知道到底是Ｂ洲被Ｋ國這顆最快進球激起了鬥志，還是祁謙真的很旺哈格爾，在祁謙坐到哈格爾身邊不到十五分鐘，費爾南多就發揮神勇，為Ｂ洲扳回了比分。費爾南多個人以兩顆進球的總成績，開始領跑這屆世界盃的射手榜，排在他後面的是一眾有一球入帳的各國球員。

接下來兩隊就像是被打開了什麼開關，開始連續不斷的射門，堅持不懈的用車輪戰轟開了對方的大門。

比賽結束的時候，兩隊踢出了五比四的大比分。這在世界盃比賽裡是十分難得一見的。有祁謙加持的Ｂ洲以一分之差，險勝Ｋ國。

事後很多媒體都覺得這個結果要歸結於戰術上的失誤，兩隊都默契的選擇了進攻重於防守的布陣，鋒線犀利，後防線卻過於薄弱，守門員也都不在狀態，十分疲軟。但只有哈格爾堅持認為，這是祁謙的運勢力挽狂瀾所致，要不他們肯定會以四分的大比分成為整個世界盃強隊裡的笑話。

當時還沒有多少人贊同哈格爾的這個奇葩想法——除了Ｃ國的總教練吳志忠。哪怕是二十三號Ａ組小組賽結束，Ｃ國和Ｂ洲分別以第一、第二的身分聯手出線，也沒讓多少人覺得他們的贏和祁謙有關。

直至Ａ組第一的Ｃ國打破逢八必輸的魔咒挺進四強，Ａ組第二的Ｂ洲也一路過五關斬六將的殺進了半決賽，這才讓人們不得不驚呼奇蹟。

世界盃的比賽安排是Ａ１對Ｂ２，Ｂ１對Ａ２，就是小組的第一對下個小組的第二，這

樣交互穿插比下去。換句話就是，同一個小組出線的C國和B洲理論上是不會再於比賽裡遇到了，除非兩隊同時殺進決賽。

這個被稱為幾乎不可能在世界盃裡完成的事情，B洲和C國馬上就要完成了，如果他們能贏了自己的半決賽對手。

所有媒體都在期待著他們共同演出一場「揭幕戰是你，總決賽也是你」的曠世童話。

這個時候「祁謙旺球隊」的說法才在網路上蔓延了開來，不只是C國的網路上，而是全球都開始興起一股奇特的「轉祁謙」能帶來好運的風潮。

《因為我們是一家人》劇組販售的祁謙周邊已經在短短一個月內完售了三次。

再不會經商的人也能明白來自祁謙的偌大商機，幸而跟祁謙簽約的是白氏自己家的電視臺，而在上節目前，祁避夏的精英律師團隊已經替祁謙跟白氏簽訂了一份十分嚴謹的合約，將祁謙被坑的可能性降到了最低。

當C國對E國的半決賽開場時，全世界的攝影機都十分默契的先給了C國教練席上的祁謙一個特寫鏡頭。在總教練吳志忠的強烈要求下，C國的首發球員在上場前都先跟祁謙挨個握了一遍手，沾沾好運。本來是要親臉的，被祁謙寧死不從打消了。

奇怪的是完全沒有人覺得這一幕好笑，大家都對這件事情嚴肅極了。

各國的主持人也都紛紛表示：「這個最近走紅網路、被稱為『殿下』的幸運男孩，能否再次帶給C國國家隊好運呢？讓我們拭目以待。」

C國和E國的半決賽是在B洲的L市體育場舉行的。

在開賽前，祁避夏特意帶著祁謙去了一趟L市曾經的市立第一孤兒院，也就是現在的除夕孤兒院。那裡還沒有竣工封頂，哪怕祁避夏是孤兒院的捐款人，他們父子最後也只看到了一圈工地的圍牆。

本想帶兒子憶苦思甜的祁避夏面對圍牆，很是尷尬的衝兒子一笑，「失誤、失誤。」

祁謙充滿嫌棄的看了一眼祁避夏，倒不是因為他們只看到了孤兒院的圍牆，而是因為他對孤兒院根本就沒什麼感情，他在乎的只有孤兒院裡的除夕而已，看不看孤兒院都無所謂。當然，最重要的是，祁謙面對有點坐立不安的祁避夏問道：「你很熱嗎？」

祁避夏再次看了看守在他們父子身邊的一圈黑衣保鏢，勉強的點點頭，「嗯，有點。」

祁謙狐疑的打量著祁避夏，聽著對方正在急速跳動的心臟，決定不再就這個問題繼續下去，因為他終於明白祁避夏到底是怎麼了——他在害怕，他對這裡有陰影，即便他被綁架的過程裡沒怎麼見過孤兒院的周邊環境，但他依舊發自內心的牴觸這裡。據說孤兒院後面的廢棄倉庫已經被祁避夏假公濟私拆了。

祁避夏就是個典型的一朝被蛇咬十年怕井繩的性子，被傷害一次他就能記住那件事一輩子，並且會矯枉過正到有些瘋魔。

——明明都那麼害怕了，為什麼還要堅持帶我過來呢？因為我有可能會高興？

祁謙覺得自己大概永遠都理解不了祁避夏這種既自私又無私的生物了。不過，嘛，不能理解就不能理解吧，他只需要知道除了除夕以外，祁避夏是他最喜歡的地球人就可以了。

「你看見了嗎？草坪旁邊的泥土地，除夕經常和孤兒院裡的孩子在那邊踢球，我和七夕就坐在那邊的臺階上看著他們毫無意義的傻跑，然後一起吐槽他們蠢死了。」

雖然祁謙的描述沒有什麼華麗的詞藻、生動的比喻，但祁避夏卻依舊有了一種身臨其境的感覺，畫面感十足。他彷彿已經能看到他兒子正面無表情的和另外一個長髮小女孩並排托腮坐在青石板的臺階上，一人一句搭著話。

祁謙的介紹還在繼續：「從這裡往前走三百公尺，左拐之後，你就能在馬路邊上看到一個報亭。報亭老闆吝嗇又卑鄙，他讓孤兒院裡的孩子幫忙替他吆喝賣報紙雜誌，最後卻一分報酬都不給大家。被除夕知道以後，他就領著我和七夕半夜悄悄摸過去砸了報亭，拿走了屬於大家應得的那一份。」

「你們可真是一幫壞小子，不怕被警察抓嗎？」祁避夏笑著點了點兒子的鼻尖。

祁謙很認真的想了想，「不怕，警察也打不過我。」

祁謙說的是真話，在祁避夏聽來卻是個笑話，他很努力才忍住沒有笑出聲，生怕傷了兒子的面子，「嗯，爸爸的謙寶是宇宙無敵第一厲害的人。」

祁謙這次卻認真的搖了搖頭，「在地球還能稱第一，在全宇宙我就很弱了。」

「你還知道謙虛啊。」祁避夏笑得肚子都有點痛了，他兒子怎麼能這麼可愛！這也太犯規了！

「你現在不害怕了吧？」祁謙又問。

祁避夏一愣，他這才後知後覺的意識到，自己對於這個地方的恐懼感好像正在慢慢被沖淡，記憶裡，明媚的陽光下兒子認真賣萌的幸福片段則在不斷怒刷存在感。

祁避夏勾起彎彎的脣角，想著：這就是為什麼我會喜歡我兒子，因為他也喜歡我。我就是這麼一個有原則的人，永遠都無法討厭一個如此有品位的人。

「你們平時在孤兒院裡都會做些什麼？」

「偷鋼材。」

「什麼？」

「愛莎不僅不給我們零用錢，還會剋扣大家的伙食。除夕說長此以往，大家都會因為缺少營養而生病的，特別是孤兒院裡的幾個小嬰兒。所以大一點的孩子都會想辦法溜出去賺錢，小嬰兒的奶粉、七夕的頭繩、大家一起吃的M記都是這麼來的。除夕說偷東西不對，但這能改善所有人的生活，他以後會想辦法還回去的。對了，我能用你給我的卡先還回去嗎？我以後賺了錢會還你的。」

「如果你答應爸爸以後不再說賺錢還我的這種話，我就答應你。」阿羅已經告訴過祁避夏，他兒子說會還給他錢的話不是孝順，而是分得太清。

「行。」我在心裡記得就好。祁謙如是想，他花祁避夏的每一分錢，他心裡其實都是有數的，並且計算分明，想著將來一定要還給祁避夏。他已經不再是跟祁避夏劃清什麼界限，只是他覺得他應該記下這份恩情。

所以說，祁避夏大概這輩子都跟不上他兒子的思維了。

「想吃冰淇淋嗎？你以前肯定總吃。」祁避夏眼尖的看到了不遠處的冰淇淋車，在孤兒院附近的冰淇淋車，想必孤兒院的孩子總是能吃到。

祁謙卻搖了搖頭，「我們沒有那個閒錢滿足口腹之欲，除夕有了錢總會先處理小嬰兒的花銷，四百公克一桶的奶粉就要兩、三百塊錢你知道嗎？而一桶奶粉只夠一個孩子五天的量。除夕堅決不許讓小嬰兒吃愛莎買的劣質奶粉，他說那會吃死人的。除夕還說過，只要再堅持一下，等今年世界盃之後他就能錢滾錢賺一大筆了，雖然我不知道他要怎麼賺。」

祁避夏沒想到他的一個簡單問句，會得到這麼一段回答，他甚至都有點不知道該如何面對這個正跟他精打細算著如何賺錢為小嬰兒買奶粉的兒子。他知道祁謙在孤兒院過得不會太好，卻怎麼都想不到會這麼苦，而他的兒子竟然還會想要去照顧別的孩子。

「不是我想，是除夕想。」祁謙糾正道。

「那你為什麼要幫除夕呢？」祁避夏問。

「因為我們總要給新生命一個證明自己的機會啊。」

這是貫徹在每個α星人腦海裡的教條，他們不殺幼崽，因為他們要給新生命一個證明自己的機會。這也是身為孤兒的祁謙能在α星那麼惡劣的環境裡活下來的主要原因。

祁避夏突然俯下身，緊緊抱住了一臉依舊不明白為什麼會被突然抱住的兒子，「我覺得網路上說得對極了，你一定是光明神和幸運女神的私生子，是上天賜給我的福氣。」

祁謙長嘆一聲，雖然依舊不太理解祁避夏又在發什麼神經，但還是決定看在他那麼害怕孤兒院這塊地方的分上還就一下他。他抬手學著動畫裡經常有的情節，摸了摸祁避夏的頭，還一邊說著：「喲西、喲西，乖孩子。」

「……兒子，我們不是說好不把二次元的事情帶到三次元裡來嘛？」特別是這種像是在逗狗的情節。

「我忘了呢。」祁謙已經學會了面無表情的扯謊。

——騙子！不要以為我不知道你過目不忘的事情！

不明所以的圍觀群眾將這一幕拍下來傳到了網路上，標題就是：L市街頭驚見陛下和殿下，真是無時無刻不忘秀恩愛的父子！

◎◆◎◆◎◆◎

時間回到C國對E國的半決賽。

「你覺得誰會贏？」開賽前，裴越發了封簡訊給祁謙，「我能不能把我輸的跑車再贏回來可就全靠這一場了！」

裴越不是足球迷，但他卻有個什麼都愛賭一賭的喜好，好比賽馬，也好比賭球。

祁謙看著這封莫名其妙的簡訊，只能求助於身邊的專業人士——吳志忠總教練。

「您覺得這場誰會贏？」

「當然是C國！我們的老將有經驗，年輕人有衝勁，還有捧起過一次大力神盃的蘇球王

和你，怎麼可能不贏！」帶隊贏過一次世界盃的吳教練表示。

在他從含飴弄孫的安穩生活裡再次被請出山時，他的目標就不可能是四強那麼簡單，他劍指冠軍已經很久了，只不過是 直憋在心裡沒有說。這次挺進四強，重重的打了之前所有說他不行的人的臉之後，他也終於敢小小的探出了自己充滿野心的觸角。

祁謙照著吳教練的原話回給了裴越。

「別跟我扯這些官方言詞，嚴肅點，我們這賭博呢。這可是關乎你哥我下個月是開自己的車，還是坐公司配置的保姆車的重要問題。」裴越的簡訊也很快就再次回了過來。

祁謙沒轍，只能帶著簡訊再次求教於吳教練。

身寬體胖、慈眉善目的吳教練，在看了簡訊之後突然發了很大的火：「你這是什麼哥哥！這不是禍害孩子嘛？！乖寶你可不能跟他學！賭博是不對的！演藝圈果然是個大染缸，我當初就說不能讓蘇蹴娶米蘭達！他以前是多好的一個孩子啊，看看現在……」

祁謙默默的趁著吳教練陷入往事不可自拔的時候，回一封簡訊給裴越：「嚴肅的說，賭博是不對的。」

「……」手機那頭的裴越差點向祁謙跪了，「你就告訴我你覺得哪隊能贏就好。」

「C國！」祁謙這次簡訊回得特別果斷、特別堅定，因為這是除夕所希望的。除夕總愛跟他嘮叨說什麼這次世界盃C國一定能奪冠，費爾南多一定能踢進世界盃第五千顆進球之類的話。

「好的。」裴越就這樣孤注一擲的把寶都壓在了C國會贏的賭注上。他其實根本不在乎什麼車不車的，而是……

「如果C國隊贏了，我能當以前的事情都不存在嗎？」裴越看著眼前多年不見卻風華依舊的男人，硬著頭皮問道。

裴越遊戲人間這麼多年，從未覺得欠過誰，除了總愛用一臉無奈的溫柔神情對他說「算了，誰讓我是你大哥，這次我替你瞞著，下次可不許了」的裴卓，以及眼前的優秀男人。

齊雲軒，齊家長孫，是齊家現在最有可能繼承家主之位的第三代，也是……裴越曾經的真愛。

齊雲軒輕笑了一聲，無不諷刺的看著裴越，「我以為你會支持E國，畢竟你可是在那裡長大的，更不用說你的好朋友還是該國王儲。真該說不愧是你嗎？如此的不念舊情。」

「王儲已經結婚了，這些陳年往事就不要再說了吧……」

裴越當年唸的是E國出了名的私立男校，把一群正處於青春期的男孩往孤島上的古堡一關，除了半個月一次的通信，一整個學期都沒辦法和外界聯絡。裴越性向的建立與這所學校絕對是脫不了關係的，畢竟和一個漂亮男孩發展一段超越友誼的關係，當時在學校是很刷時髦值的事情。當然，這些出身就決定了他們無法為所欲為的男孩，也都保留著一份默契，學校的感情只留在學校，當他們離開這所學校之後，他們的關係就必須再次退回友誼線。

裴越當年之所以把這些過往全無保留的告訴齊雲軒，是因為他是真的想和齊雲軒認真談戀愛，雖然那段感情最後無疾而終，但他也不會想看齊雲軒用這樣的語調說出那段過去。

「抱歉，全無惡意，只是……你知道的，每次看見你，我都會控制不住自己的火氣。」

裴越苦笑：「我的錯。說點別的吧，你的變化可真大。」

從當年精緻漂亮卻又脆弱得彷彿迎風就倒的文藝少年，變成了如今依舊精緻漂亮卻怎麼看怎麼不好惹的強勢青年……哪怕在生氣的時候，也依舊是那麼漂亮……

——不對，醒醒啊，裴越，這個時候犯什麼花痴，不要命了嗎？！

「沒辦法，不堅強一點，早在當年被甩的時候就自殺了。」齊雲軒的火氣再次被挑起。

——對不起，大爺，我又說錯話戳中你的死穴了……

「我們還是說回足球吧。」

「行，C國要是贏了，我就不再邁進這個屋子一步。你滿意了嗎？」

「這話怎麼說的？你要是想來做客，我隨時歡迎啊！只是我們都是正經人，做事光明磊落，你過來最起碼要讓白姑姑和小叔叔都知道，是吧？」裴越賠笑道。從未有人能讓他如此低聲下氣，連他大哥都不行。只有齊雲軒，當他面對他時總會覺得底氣不足，畢竟他虧欠他良多。

齊雲軒深吸了一口菸，然後將煙圈悉數吐到了裴越臉上，這還是裴越教會他的。

裴越被煙嗆得夠嗆，卻連半句抱怨都不敢說，誰讓他是真理虧呢。

齊雲軒嗤笑道：「兩年沒見，你還是那麼沒種。你放心，裴越，這次即便沒有祁避夏頂缸，你也是安全的，我不會再看上你了。」

「咳、咳，那是……您多聰明的一個人啊，怎麼會不吸取教訓，繼續在我這棵歪脖子樹上吊死呢？」

很多年前，裴越有個真愛，真愛是個喜歡像霧像雨又像風這種調調的小清新，即便對方的年齡比裴越還大，但裴越面對真愛時總感覺像是在照顧一個不諳世事的孩子。很多年後，小清新變成了霸王花，再也不會相信他曾是裴越的真愛，因為當年正是裴越親口甩了他。

齊雲軒覺得自己做過最傻的事，就是試圖用自殺威脅來挽回他和裴越的感情，他等在江邊只等來了裴越一句：「趕緊跳，跳了我們倆都省事。」

齊雲軒自然是沒有跳，他只是站在江邊被江風吹了一夜，終於吹醒了自己的腦子，他決定自己要變得更好，好到再見裴越時讓他後悔死，然後冷眼旁觀著裴越在求而不得中苦苦掙扎，再回裴越一句：我管你去死！

兩年後，齊雲軒發現他果然沒有裴越渣，他不可能真的坐視裴越去死而無動於衷，到最後他還是要管裴越，所以他回來了。

「如果Ｅ國贏了，你就必須全聽我的。」

「一言為定。」

「駟馬難追！」

結果，裴越贏了。

雖然外界都在瘋傳祁謙是幸運女神的私生子，但他本人卻是一點非自然力量都沒有的，他甚至連足球比賽的規則都沒怎麼看懂，什麼越位、反越位，什麼防守反擊鐵桶陣，他統統不理解，他只是很單純的支持著除夕所喜歡的兩個國家隊而已。

幸而殊途同歸，不論祁謙是怎麼想的，反正別人基本上都認定了祁謙是這屆世界盃吉祥物的地位，因為C國真的進決賽了！

「等了好久終於等到今天，夢了好久終於把夢實現——」

這幾乎是所有等了C國國家隊整整十二年的球迷在那一刻心中的想法。他們離大力神盃是如此之近，彷彿已經只要稍稍抬一下小手就能觸摸到那座金子做的獎盃了。

三次獲得世界盃的國家將能永久的保留獎盃，然後國際足聯會再次重新製作一個新的世界盃獎盃。每一代獎盃的名字也是不一樣的，目前這一代的獎盃叫大力神盃。

C國在一百多年前已經擁有了光明神盃，此後的一百年間C國又相繼問鼎過兩次，如果這次再贏，他們就可以擁有第二座永遠的世界盃獎盃了。所有的C國人都在熱烈期待著這一刻，他們堅信那已經不遠了。

當有祁謙加持的B洲果然也如所有人拭目以待的那樣拿下半決賽，與C國會師總決賽的時候，祁謙旺球隊的說法就被徹底坐實了。

然後，新問題也隨之出現：這次祁謙該坐到哪邊的教練席上呢？

「祁謙坐在哪一邊，哪一邊就一定會贏」差不多已經成了所有人堅信的事實，即便這個事實聽起來是如此的不可靠，但C、B兩國依舊為了祁謙的歸屬開始了隔空嘴炮。

C國網民表示殿下是我國的固有公民，屬於絕對不可分割的一部分。B洲則堅持認為祁謙是B洲孤兒院養大的，而他又是費爾南多的粉絲——雖然其實是除夕，但在別人看來卻是祁謙——並且上次揭幕戰時祁謙已經坐過C國的教練席了，這次怎麼想都應該輪到B洲了。

迷信教練哈格爾也基本上是賴在了祁謙所在的A市飯店，他表示：你不坐過來，我就不走！我死也不走！你也不想想你現在手裡那件天價球衣是誰給你的！

祁謙那件簽滿了C、B兩國球員的球衣，在C、B兩國肯定要成為這屆世界盃的冠亞軍之後的此時此刻，被媒體譽為了全世界最值錢的球衣。

吳教練也帶著蘇球王和球王家特意趕過來看世界盃總決賽的一家八口，來飯店堵祁謙，表示那球衣上的簽名也有他們的一半！

裴越再次發來簡訊詢問：「你到底坐哪邊？」

上次齊雲軒輸了之後，真的就遵守約定沒再踏入裴越的房子，但他卻無孔不入，只要裴越離開家，就鐵定能遇見他，怎麼躲都躲不過，甚至有時候都會被他堵得回不了家。長此以往，裴越覺得自己早晚得心衰而死，於是他只能再次和齊雲軒打賭。

可惜這次祁謙卻沒辦法再幫到裴越了，因為七月十三日下午四點的總決賽，他終於如祁避夏所願，在看球的時候坐到了祁避夏旁邊。

兩方教練都很鬱卒，但也只能認命。因為這是他們本著友誼第一的原則最終商量出來的結果，為了比賽的公正公平，他們一起承諾在決賽裡不率先使用祁謙。

裴越只能改問祁避夏：「你看好哪一隊？」

「當然是C國！」祁避夏的愛國情操還是很高的。

得到消息之後，裴越放下手機，二話不說的對齊雲軒表示：「這次我壓B洲。」

一個在小範圍內流傳的流言——祁避夏是個烏鴉嘴。這項神技一般對他身邊的人沒什麼影響，只對祁避夏喜歡的球隊有效，並且屢試不爽。他每次一說他看好哪個球隊，哪個球隊就鐵定倒楣，不僅限於足球，籃球、棒球、高爾夫球……任何一項體育運動都是通用的。

可惜，這次祁避夏的烏鴉嘴卻失靈了，換句話說就是齊雲軒贏了。在舉國歡慶C國贏了世界盃的時候，裴越彷彿墜入了人間地獄。

漂亮的青年輕揚嘴角，看著裴越的樣子就像是在看砧板上的魚肉。

裴越深呼吸了好幾次，才終於做出一副豁出去了的英勇就義樣：「說吧，你到底想我怎麼樣？也去跳一次江嗎？」

「你就是這麼想我的？」齊雲軒這次是真的覺得諷刺極了，他千里迢迢回國想救對方的命，卻得到這麼個回答，連他自己都覺得自己真是有夠賤的。

「怎麼可能！我錯了，我不該以小人之心度君子之腹，您大人有大量，就原諒小的這一次吧，啊？我剛剛說錯話了，只是想對你表達我願賭服輸的心情，哪怕是你讓我跳江我也絕無二話。」裴越在齊雲軒面前絕對是能屈能伸的典範。

齊雲軒都被氣笑了，「收起你的小命吧，我要來能有什麼用？還嫌不夠麻煩嗎？我只是想讓你相信我接下來說的每一句話，因為我現在沒有辦法向你證明我說的是真的。」

「但那確實是真的？」裴越看著一臉嚴肅的齊雲軒，也不得不開始認真了起來。

「我以我的人格發誓。」齊雲軒的節操和下限還不像是裴越與祁避夏那樣已經嚴重透支赤字，「你大哥還有個兒子。」

「我、大、哥、的、兒、子？」裴越在腦海裡構想了很多種齊雲軒有可能會告訴他的意外消息，卻怎麼都想不到消息會如此別具一格，如果不是剛剛答應了齊雲軒要「相信」他，他現在肯定已經跟他吵起來。他再怎麼喜歡齊雲軒，也不會讓他拿自己死去的大哥開玩笑。

齊雲軒就知道裴越不會相信他，搞不好心裡現在已經憋著火了，但有些話他還是必須要說：「你先冷靜的聽我把話說完，然後再質疑我行嗎？我會留給你足夠的提問時間。」

裴越點點頭，齊雲軒不是那種愛信口胡謅的人，但正是因為知道這點，才格外的讓裴越覺得無法接受。他前不久才跟祁謙信誓旦旦保證他家沒有流落在外的私生子，今天卻……等等，不會這麼巧吧？！裴越不可置信的睜大了自己的雙眼。

齊雲軒看著眼前一副受到重大打擊模樣的裴越，狠狠心，決定將本來打算緩緩說的重磅炸彈一口氣全扔出來，長痛不如短痛，「我懷疑祁謙就是你大哥的兒子，而你和祁謙目前很有可能正在埃斯波西托家族的必殺令上。」

埃斯波西托家族就是和裴家有著互相滅了滿門恩怨歷史的敵對勢力，兩家早在很多年前

就已經進入了不死不休的局面。當然，現在的局面是裴家處於上風，埃斯波西托家族式微。

但就像是當年誰也不會覺得裴越的父親裴安之裴爺，會為了復仇數次整容、改頭換面，臥薪嘗膽二十年最終報復成功，如今誰又能篤定埃斯波西托家族不會也重演這樣的逆襲？當初裴爺以為他已經對埃斯波西托家族斬草除根，結果今年不就又冒出來一個什麼私生子的兒子嘛！礙於某些勢力出於制衡的考量，裴爺也已經被迫承諾，只要埃斯波西托家族不再犯，他也不會對一個小孩子出手。

「孤兒院的大火，祁避夏被綁架，再到你大哥當年的死……你還不明白嗎？這從頭到尾都是埃斯波西托家族的報復，你們一個都不會被放過！」

當初真正接到演唱世界盃主題曲邀請的人是裴越，但最後去的卻是祁避夏。因為裴越在忙著開全球巡迴演唱會，而他本人對足球又沒什麼熱情，所以他婉拒了那份邀請，推薦了祁避夏。主辦單位對祁避夏這個世界流行音樂小天王也很喜歡，於是皆大歡喜。

「讓我們來假設對方以為去的是你——畢竟你們倆在外都被用天王稱呼，誰也不知道你臨時推薦了祁避夏——那麼你覺得他們想綁架的人到底是誰呢？」

「我。」裴越從小在那樣的家庭裡長大，耳濡目染，對別的不敢說，但在殺人越貨方面他總能第一時間理解對方的思維，「準確的說他們不是想綁架我，而是想殺了我。等下面的人綁走了祁避夏，上面的人才發現綁錯了，所以祁避夏後來回憶說那些人只是餓了他三天，卻對他本人不聞不問。再然後祁謙攪局救了祁避夏，綁匪怕留下證據變成我老子對埃斯波西托家族動手的理由，就喪心病狂的燒了整個孤兒院！」

「不，我覺得燒掉孤兒院這件事，一開始就在埃斯波西托家族的計畫裡，根本不是什麼臨時起意，所以綁架祁避夏的倉庫才會離孤兒院那麼近。記得嗎？祁謙救祁避夏的事情和孤兒院大火發生在同一時間段。因為這是一場有預謀的縱火，所以孤兒院院長愛莎才能提前接到消息趁夜離開。至於埃斯波西托家族到底想幹什麼，兩個提示：一，你大哥的孩子在孤兒院裡；二，埃斯波西托家族從孤兒院裡接回了一位少主。」

當年能說滅了裴氏滿門就滅了滿門的埃斯波西托家族，可想而知是有多瘋狂了。而他們的瘋狂事例還有很多，像是養大對手的孩子，對孩子洗腦讓那孩子親手殺了生父這種狗血的情節，他們也不是沒有安排過。

「……！」裴越終於明白了齊雲軒的意思，「但是不對啊，孤兒院裡的孩子都死了。」

「是啊，都莫名的死在了一場大火裡，第二天孩子的資料就以最快的速度被銷毀了。」一下子就變得更加有說服力了呢。

「所以你是在嘗試告訴我，我最好祈禱祁謙是我大哥的兒子，否則我大哥的兒子就很有可能是那個不知道被埃斯波西托家族接到哪裡去接受洗腦教育的少主？」裴越在這一刻都不得不佩服自己的腦細胞了，這麼瘋狂的事情他竟然聽懂了，還跟上了思路！

「孩子的事情還可以之後再說，現在的關鍵是你和祁謙的名字都在埃斯波西托家族的必殺令上，你們要怎麼保證安全？這是真的，雖然我不能告訴你我是從哪裡得知這個消息。」

「嗤，除了白言，還能有誰？」

白秋的兒子白言這些年在國外也是混得風生水起。

的，哪怕白言是白秋的兒子。

齊雲軒沒有說是，也沒有說不是。如果這是真的，白言刻意隱瞞下了埃斯波西托家族必殺令的事情，一旦被正愁抓不住埃斯波西托家族小辮子的裴爺知道了，他是絕對不會放過白言的，哪怕白言是白秋的兒子。

「……等等！必殺令？！祁謙和祁避夏現在人在B洲，只帶了幾個保鏢……」

就在裴越正準備說要打電話叫祁避夏父子趕緊回國的時候，就接到了祁避夏的電話，電話裡祁避夏的聲音都是哽咽的：「謙寶現在在醫院裡，他要是死了我可怎麼辦？」

裴越的大腦在那之後變成了一片空白，手腳冰涼，他看著齊雲軒，顫抖著說：「這麼重要的事情你為什麼不早點告訴我！當年的事情你要是真的覺得有怨，你恨我就好了，何必連累別人！謙寶要是真出了什麼事情，我、我……」

「喂、喂？裴越，你在說些什麼啊？你那邊還有別人？」祁避夏聽得莫名其妙極了。

「小叔叔他們派人過去了嗎？人手夠嗎？我這就聯絡我老子……」裴越這才想起來那頭還有個正處在危險裡的祁避夏。

「醫生嗎？已經在來的路上了啊。你父親那邊也有醫術精湛的醫生嗎？也是啊，你父親的工作那麼危險，醫生的技術肯定很高超，不過一般都是外科好手吧？謙寶這是突然的渾身發燙、昏迷不醒，應該算內科？」

「……渾身發燙？昏迷不醒？謙寶只是生病了？」裴越一愣。

「是啊，要不你以為是什麼？還有，什麼叫只是生病了！謙寶平時那麼健康，在總決賽之後卻突然暈了過去，現在渾身燙得別人都不敢拿手直接摸他，你竟然說『只是』？！連醫生也不敢肯定謙寶得了什麼病好嗎？！」祁避夏被壓抑的恐懼最終以怒吼的形式發洩到了裴越身上。

裴越面對這個烏龍真是不知道該說什麼好了。畢竟祁避夏也不知道他們這邊剛剛在猜測什麼，而祁謙查不到病因的渾身發燙又確實挺嚇人的……

「抱歉，我只是以為你們受到了什麼意外攻擊。」裴越只能首先退了一步。

永遠都是他，在他重視的人面前先退那麼一步。

幸而，他重視的人也會在他示好之後放下脾氣。

祁避夏也語氣和軟的表示：「也是我不對，說得太著急，讓你誤會成上次B洲的綁架案那樣的意外事件了。只是我真的很害怕，害怕是因為我才讓謙寶……我不是個好爸爸，我根本不會照顧孩子，祁謙想吃什麼就讓他吃什麼……你知道嗎……醫生問我謙寶昏過去之前都吃了什麼而我回答之後醫生看我的眼神嗎？我至今回想起來都能為此無地自容。」

差不多有一個小時，祁避夏才終於身心俱疲的掛斷了電話，據說是因為他可以進去病房裡看兒子了。

掛斷電話之後，裴越才想起來他這邊還有一個齊雲軒在等著。

「終於想起我了？剛剛吼我的時候你倒是中氣十足嘛！你還想解釋什麼？我早就知道，你從來都不會想到我的好！當初主動追我的是你，我答應和你在一起了，你卻又懷疑這是白言在背後使壞的陰謀，我他媽的對你來說到底算個什麼？！」涵養一向不錯的齊雲軒忍不住的爆了粗口。

裴越張了幾次口，最終都沒發出聲音，他是真的無言以對，情急之下那麼懷疑齊雲軒，換作是他，他早就不幹了。

「這該死的世界上，不是只有你和祁避夏是朋友。我也是！要不你以為我剛剛跟你說的那些關於孤兒院的細節都是誰告訴我的？白言？哈，對，你總是懷疑白言。你要我跟你解釋多少遍你才肯信我和白言只是好友？我們一起上國中，後來又一起跳級上高中，最後一起高三畢業出國留學，感情自然好。就允許你和祁避夏是哥們，我和白言之間就不行嗎？！」

裴越乖乖低頭聽訓，他不能否認在很長一段時間裡，他討厭白言不僅僅是因為白秋小叔叔的關係，也因為他在瘋狂嫉妒著白言和齊雲軒之間的親密無間。

「是，你們是好人，我們永遠都是心懷叵測的壞人！你滿意了嗎？」

「我是壞人，我是壞人！」裴越終於找到了切口賠禮道歉，「你也知道我長大的環境，我從小就被教育說要用最大的惡意揣測這個世界，我很抱歉。但你是我曾經唯一在乎過的人，我怎麼可能不嫉妒白言？！」

裴越說完這話之後，整個房間都沉默了下來。

◎◆◎◆◎◆◎

B洲A市第一醫院的特殊病房裡，祁避夏看著燙得渾身發紅的祁謙，自責得都快恨不得去跳樓了。醫生雖然暫時還沒檢查出祁謙到底是怎麼了，但他們卻言之鑿鑿的篤定這絕對和祁避夏不會照顧孩子脫不了關係，放任孩子胡吃海塞、作息不規律、每天戴著谷娘眼鏡……

「我只想讓你過得開心，我想把最好的一切都給你。」祁避夏不顧祁謙有可能會灼傷了他皮膚的手，緊緊的握住，不斷的說著：「對不起，對不起，爸爸沒照顧好你。」

溺子如殺子，祁避夏終於深刻的明白了這句話。

如果祁謙能醒過來，他一定會給祁避夏一個鄙視的眼神，然後嘲諷的說：「沒有智商也就算了，至少要有點常識吧？看清楚了，少爺我這不是生病，是在長尾巴，尾巴！」沒有尾巴的地球人果然都弱爆了！

祁避夏一邊用酒精幫祁謙進行物理降溫，一邊在爭取把他兒子嘮叨醒：「我排查過你身邊任何一個有可能別有用心的保姆，我阻止了白言把你當誘餌用，我努力的掐滅一切有可能來自外界對你的傷害，沒想到最後傷害了你的反而是我……真是個天大的笑話，我怎麼能這麼沒用呢？」

「也不知道你是不是生我的氣了，我明明有機會可以從埃斯波西托家族手上把你的朋友除夕救回來，最後卻還是自私的選擇了更加謹慎的做法。」

唸著唸著，祁避夏想起了在世界盃開始之前……

土豪遍地的D國首都，世界唯一的七星級飯店內，戴著幾乎能遮擋住半邊臉的墨鏡的祁避夏，與戴著偌大草帽的齊雲軒正坐在空曠的露天泳池邊，進行小聚。

他們這樣奇怪的友誼開始於齊雲軒站在江邊吹了一夜冷風之後，當時祁避夏就坐在不遠

處的車裡，一刻不敢睡的盯著齊雲軒，時刻準備著從車裡衝出去救人，幸而最後齊雲軒並沒有自殺，他只是在欣賞完日出後走過來敲車窗，笑著問祁避夏：「想去喝杯咖啡嗎？」

後來這個喝咖啡的習慣就延續至今，一月一次，兩個有錢又有閒的人總會選擇全球某一處風景上佳的地方，邊喝邊聊。

「裴越最近怎麼樣？」這是齊雲軒每次必問的問題。

但這次祁避夏卻不準備照常回答他，因為自上個月之後，他就有一件事情耿耿於懷。

「你上次跟我說感覺我被人盯上的事情查得有眉目了嗎？是你的錯覺，還是？我現在都不敢讓我兒子出門了你知道嗎？幸好謙寶要忙著自學跳級的事情，不怎麼出門，要不我都不知道怎麼跟他解釋。」

「有眉目了，白言做的，你先別急，他只是暗中派人保護你。還記得你四月份被綁架之後，白秋小舅舅就分別拜託了裴爺和白言替你在道上查綁匪下落嗎？」

到底是誰出於什麼目的綁架祁避夏，這是很多人一直都在關心的問題。而由於祁避夏仇人眾多，哪怕是白家和裴家也有點無從下手的感覺。裴爺為此還親自向白秋道歉，他弟弟難得拜託他做一次事，他卻反而做不好，他表示他一定會徹查到底，給祁避夏一個交代。

但是叱吒風雲多年的裴爺怎麼都不會料到，不是他手下人辦事不利，也不是對方過於狡猾，而是白言搶先一步查到了埃斯波西托家族是幕後真凶，他們要針對的人是裴越，祁避夏只是躺槍，後來埃斯波西托家族的必殺令上還加了祁謙這個莫名其妙的人物。白言將這一部分情報瞞了下來，這才讓事情變得撲朔迷離。

白言的目的倒不是和祁避夏過不去，要不他也不會暗中派人去保護祁避夏，他只是想利用埃斯波西托家族要殺祁謙這一點，抓出一直龜縮在幕後找不到的人埃斯波西托家族，進而用這個作為把柄，控制他們。

「他怎麼敢？！拿我兒子的生命當兒戲！」祁避夏很生氣，「而且埃斯波西托家族為什麼要和謙寶過不去？」

齊雲軒這才將他的另一部分調查，關於裴卓兒子的事情說給了祁避夏聽，祁避夏也把他從祁謙口中所知的孤兒院裡的事情對齊雲軒和盤托出。兩人互通有無了一下，最終得出一個結論——祁謙口中長得很像白秋的除夕正是裴卓的兒子，而除夕十有八九已經變成了埃斯波西托家族突然出現的少主。

「除夕和謙寶那晚一起去救你，沒道理謙寶還活著，除夕卻死在了大火裡，對吧？但事後你確實只遇到孤身一人的謙寶，而謙寶也拒絕告訴你除夕的下落，除了被埃斯波西托家族帶走，我想不到別的可能了。」齊雲軒是這樣分析的。

祁避夏覺得齊雲軒分析得挺有道理。而為了祁謙和裴越，他們必須要把除夕救出來，但怎麼救，卻需要再商量。反正祁避夏是死都不會同意白言將計就計的計畫，利用祁謙引出埃斯波西托家族的，就算一再保證祁謙的安全也不行！

而齊雲軒則要趕在埃斯波西托家族出來搞風搞雨之前，先提醒裴越這件事，順便混淆裴越的視線，讓他相信祁謙也有可能是他大哥的孩子，不會一時衝動去做出不可挽回的事情，傷害他自己。

於是祁避夏和齊雲軒達成同盟：「我會幫你盡量誤導裴越懷疑謙寶是他大哥的兒子，你也必須幫我拖住白言，不把謙寶捲進這件事裡。」

目前來說，祁避夏和齊雲軒的合作進行得很順利。

幫祁謙進行完物理降溫之後，祁避夏就接到了來自齊雲軒的電話：「謙寶好點了嗎？」

「沒，醫生還在研究。剛剛和裴越在一起的那個人是你吧？抱歉，他又犯渾了。」祁避夏替裴越道歉，他是真的挺想裴越能跟齊雲軒和好的，因為他已經受夠了聽這兩個人分別告訴他，他們有多愛對方，卻不能再在一起。

「沒事，我都被他傷害習慣了。」齊雲軒總是掩飾不住自己語氣裡的嘲諷，「自從經歷過你成年派對的第二天早上，我還有什麼好怕的？」

祁避夏瘋狂的成年派對過後的第二天早上，白安娜突然來襲，讓很多人都驚慌失措，其中最驚恐的莫過於裴越和齊雲軒這一對了──從親戚的角度來說，他們倆算是亂倫。情急之下，裴越就做了他這輩子最後悔的傻事，他推祁避夏出來頂缸，將一切都解釋為酒後亂性。

齊雲軒被裴越的舉動徹底弄懵了，他頂多以為他和裴越要被迫出櫃，卻沒想到裴越給了他這麼一個「驚喜」。

祁避夏作為裴越的狐朋狗友，腦子一熱就替裴越扛下了這件事。

之後發生了什麼大家都知道了，祁避夏差點被白安娜打斷腿，然後他利用這個犧牲威脅了裴越整整兩年；而齊雲軒則被裴越分了手，一別兩年，齊雲軒卻怎麼都無法甘心。

「那你的打算呢？」

「還是那句話，長痛不如短痛，我準備將我一開始的計畫稍微往前調整一下。」

「什麼時候？」

「一會兒。」

「這個已經不能用稍稍往前了一點吧親！」

「我等不了了，特別是你在打電話過來說謙寶出事的時候。其實不只是裴越以為謙寶出了事，我當時也是那麼想的，你知道我有多害怕嗎？」

「說起來還沒跟你說謝謝，你告訴了我白言和埃斯波西托家族的事情。」

「我也要謝謝你願意幫忙瞞下這件事。白言他只是……一時鬼迷心竅，我相信他會想明白的。我知道你們因為他其實不是白秋小叔叔的兒子卻騙了小叔叔這麼多年，對他心懷芥蒂，但他當年被送到小叔叔身邊的時候才八歲，還是個孩子，他又能怎麼辦呢？他母親當時也是自身難保。後來白言是真的喜歡上了小叔叔，所以才瞞著小叔叔，怕小叔叔知道。如今小叔叔自己都不介意了，可你們還是不喜歡他。白言努力擴張勢力，有他自己的私心在，同時不也是為了向你們證明他的好、他能照顧小叔叔嗎？可他越這樣，你們越不喜歡他，大家一起陷入了一個怪圈，而我想打破這個怪圈。我們是一家人啊。」

「你錯了，雲軒，我討厭白言和他的野心沒關係。說實話，他派人保護我，讓我挺意外的，也挺高興。我感激他，真的，所以我答應你不告發他。也希望你能幫我對他轉達，一念天堂，一念地獄，他鬥不過裴爺的，趁著現在還沒事發，及早回頭吧。」

「你能這麼想，我……」

「你聽我把話說完，我感謝他保護我，也生氣他想利用我兒子。也許對他來說，他和謙寶是完全沒有感情的，所以可以隨便利用。但謙寶是我兒子，我們兩位一體，傷害謙寶，就是傷害我。一負一正相抵銷，我對他的感覺還會和原來一樣。」

原來什麼樣？討厭白言唄。

「假如謙寶其實不是你兒子，而是裴卓大哥的兒子，你會因此而不要他嗎？」齊雲軒冷不防的問道。

「開玩笑，無論謙寶是不是我兒子我都喜歡。說良心話，我一開始能那麼快的就接受謙寶，正是因為他是我兒子，但後來的相處讓我明白，我喜歡他，只是因為他是他。我知道你的意思，你想說，白秋對白言的感情與我對謙寶是一樣的。但沒聽明白的是你，我討厭白言不是因為他不是三哥白秋的兒子，而是裴越討厭白言，所以我也討厭，現在還要加上他想利用我兒子。我理解你站在中間的難處，但也請你理解我。」

「抱歉，是我勉強了。」齊雲軒從小最怕的就是這種家人吵架，互相誰也不理誰，還非要逼他站隊的局面，被問到你到底喜歡的是媽媽還是爸爸，他能直接當機。

掛斷電話之後，齊雲軒再次回到了裴越面前，氣氛依舊尷尬。

「讓我們說回正題，現在到我的提問時間了吧？」裴越搜腸刮肚後終於找到一個話題。

「你問。」齊雲軒冷臉以對，全然沒有了和祁避夏電話裡的自然。

「你怎麼知道我大哥有個兒子的？話說你根本就不認識我大哥吧？」冷靜下來想想，裴越發現很多事情根本解釋不通，好比齊雲軒是怎麼知道他大哥有個兒子的。

「你怎麼就肯定我不認識裴卓了？又或者你以為第一次見你的時候，我是為什麼要搭理你的？」年輕時正處於中二叛逆期的裴越比他現在可要討嫌一百倍。

「我以為是小叔叔，又或者白言什麼的。」

「還記得你不喜歡白言，白言也看不上你的事情嗎？如果我真的是因為白言而對你有印象，也只會是負面的。」齊雲軒無奈的看著裴越，他認識裴越的大哥裴卓是真的，這可沒騙裴越，甚至他能查到裴卓還有個兒子，也是因為他認識裴卓。

「我當初其實一直都挺好奇的，白言在背後肯定沒少跟你說我的壞話，你到底是怎麼做到和我，咳，下去的。」裴越是真的很好奇，哪怕有可能會戳中齊雲軒的憤怒值。

「什麼叫『咳，下去的』？能不能直接說交往？我和你過去談過一段戀愛就這麼見不得人嗎？」齊雲軒確實生氣了，只不過惹他生氣的點和裴越設想裡的不太一樣。齊雲軒壓了好幾回火才繼續道：「你也沒少在我面前說白言的不好，你們半斤八兩，都省省吧。」

「我沒覺得有什麼好丟人的，我這不是怕你不想提起那段過去嘛。」

「那當年面對三伯母的時候，你為什麼不能大大方方的承認我和你在交往？」

「因為我害怕你死！」裴越終於忍無可忍，把他當時的想法說了出來，「你和祁避夏在

一起，頂多是祁避夏被打一頓，你和我在一起，我老子有可能殺了你，你知道嗎？」

裴越的父親裴爺，重視子嗣已經到了走火入魔的地步，他可以不管裴越在外面怎麼花天酒地，但他肯定不會放任裴越和一個男人玩真的。

「我不知道！現在科技這麼發達，我們像二木水他們那樣弄出個試管嬰兒交給你父親不就好了？」

「但是我不想！我想要一個你我的孩子，而不是你和別的不知道名字的女人的孩子，又或者是我和什麼不知道名字的女人的孩子！」

裴越就是這麼一個龜毛的人，面對這大概是一生唯一一次認真的感情，他受不了在他們的感情裡夾雜任何一丁點瑕疵，就好比有可能存在的對方和別人的孩子，即便是試管嬰兒他也受不了，無論是他的還是齊雲軒的，他真的很怕自己有天控制不住自己去毀了那個瑕疵。

為了這個可以想見的悲劇未來，他只能忍痛和齊雲軒分手，這樣既能保護齊雲軒，也算是成全了他自己——要麼得到全部，要麼就什麼都沒有，這就是裴越的愛情觀。

「哈，說出來了。」齊雲軒此時臉上哪見半點剛剛的怒容，他笑得優哉游哉，像是一個終於逮住狐狸的獵手，「你還敢說你不愛我，我告訴你，你當年那些話我一個字都不信！」

這就是齊雲軒對祁避夏說過的計畫。多數人不是在逆境中死亡，就是在逆境中變態，齊雲軒明顯屬於變了態的品種。剛剛他也算是把兩年前的鬱悶都發洩了個乾淨，然後打算如裴越一開始所說的那樣，把過去的一切都當沒存在過，兩人重新開始。

「你……」

「祁避夏這個朋友當得可比你夠意思。不僅是對你，也是對我。這兩年你不只是和女明星逢場作戲，男伴也一個都沒有，這事你以為我不知道嗎？裴越，我告訴你，感情是兩個人的事，你一個人說了不算。你憑什麼決定我的人生？說我以前矯情，你自己不也想得很狗血嗎？默默付出，孤膽英雄，真是難為你能有這麼高尚的情操。」

裴越被這突然的巨大轉變弄得有點懵，也有點小鬱悶，他本想惱羞成怒，後來大概是在齊雲軒面前慫慣了，只嘟囔了一句：「那根本問題也沒解決啊。」

「所以說，你以為我是為什麼要追查你大哥的兒子？相信我，你爸更願意等你大哥的兒子長大，也不想培養你當繼承人。」

裴爺看不上裴越，這件事情是眾所周知的。裴越自己也很清楚，甚至是跪求他爸別看上他，他對他的那些事業真的一點興趣都沒有。

B洲醫院，掛了齊雲軒電話的祁避夏正準備回祁謙的病房，卻偶遇了B洲總教練哈格爾正攙扶著一個波西米亞風格打扮的看不出男女的人，朝著他緩緩走過來。

「你怎麼在這裡？」兩人同時發問。

「謙寶／我的占卜師病了。」兩人又同時回答。

那個正被哈格爾攙扶著的占卜師突然像是發了瘋一樣抓住祁避夏的胳膊，渾濁的眼球好

像只能看見眼白，他用空靈的聲音對祁避夏說：「人的氣運是守恆的，好運借給別人太多，再福澤深厚的人也會受不住的。為了孩子好，不可再將孩子的勢借給別人了。」

哈格爾和祁避夏都被嚇得一愣一愣的，大師反倒像沒事人一樣恢復了正常神情，轉而對哈格爾說：「我們回去吧。」

「大師，我兒子什麼時候能好？」祁避夏死馬當活馬醫似的問道。

大師沒回答，只是在哈格爾的攙扶下蹣跚離開了。

祁避夏表示，最煩這種藏一半留一半的說法了有木有？！要不是對方什麼都沒跟他要，他鐵定要罵對方一句老神棍、老騙子。只是……對方也沒圖他什麼，他就不好在心裡想太多不尊敬的話，鬼神之說自古就是寧可信其有、不可信其無的，敬而遠之，如是而已。

結果沒走幾步，祁避夏又聽到有小護士在八卦他——

「對、對，就是貴賓室裡住進來的病人，妳們知道是誰嗎？祁避夏的兒子祁謙殿下啊！祁避夏你都不知道？C國流行音樂小天王！《孤兒》看過沒？裡面那個小孩就是祁避夏。」

「啊，我想起來了，那個傳言中有人為了抵制他拍電影，甚至自爆在電影院的祁避夏。好恐怖啊！」

「他的歌真心不錯，只是不太適合演電影吧。」

「我對祁避夏沒感覺，只喜歡殿下。所以我決定討厭祁避夏，他根本不會照顧孩子，殿下住院，肯定是他搞的！殿下那麼可愛的孩子！」

雖然祁避夏早在閒言碎語中練就了金剛不壞之身，但心裡難免還是會覺得不舒服。

兒子生病住院，好友隨時有生命危險，遇到個神棍又遮遮掩掩不肯好好說話，如今再聽到這些……祁避夏真的很想對著天空大喊一聲：你敢讓我再倒楣一點嗎？！

老天的回答是：不敢。

於是，等祁避夏鬱悶的回到病房時，看到了他兒子祁謙正生龍活虎的坐在床上，抱著泰迪熊，看上去心情很是愉悅的樣子。

「你好了？」祁避夏不可置信的箭步上前，上上下下緊張的打量著自己的寶貝兒子。

祁謙點點頭，笑著回答：「前所未有的好。」他一下子恢復了兩條尾巴，還找到了另外一個積蓄能量長尾巴的捷徑，怎麼能不好？

「那就好。」祁避夏抱著兒子，很沒出息的哭了，「你嚇死爸爸了，你知道嗎？」

「抱歉，讓你擔心了，以後不會了。」

祁謙這次渾身發燙，主要是一下子長出來兩條尾巴，身體一時間承受不了這麼大的能量所致。等憑藉著 α 星人驚人的治癒能力調整好自身，自然就沒事了。

《來自外星的我多了個蠢爹？》完

敬請期待《來自外星的我02》

變態靈異學院
Novel 蝙蝠×Illust TaaRO
Vol.4 END
ㄈㄨˋ入你口更揪心
世上只有你懂我、
我懂你，所以……
蝙蝠老師★補完計畫．新番外「畢業與離婚」
知名繪師
TaaRO、非光、夜風、花信、生鮮P共襄盛舉！
全套四集，全國熱賣中！
典藏閣
華文聯合出版平台
www.book4u.com.tw
采舍國際
www.silkbook.com
不思議工作室
立即搜尋
版權所有© Copyright 2017

飛小說系列 166

來自外星的我 01

來自外星的我多了個蠢爹？

出版者■典藏閣

作　者■霧十　繪　者■瑞讀

封面設計■Aloya　企劃編輯■夏荷艾

總編輯■歐綾纖

製作團隊■不思議工作室

郵撥帳號■50017206 采舍國際有限公司（郵撥購買，請另付一成郵資）

台灣出版中心■新北市中和區中山路 2 段 366 巷 10 號 10 樓

電　話■(02) 2248-7896　傳　真■(02) 2248-7758

物流中心■新北市中和區中山路 2 段 366 巷 10 號 3 樓

電　話■(02) 8245-8786　傳　真■(02) 8245-8718

ISBN■978-986-271-788-2

出版日期■2017 年 9 月

全球華文國際市場總代理／采舍國際

地　址■新北市中和區中山路 2 段 366 巷 10 號 3 樓

電　話■(02) 8245-8786　傳　真■(02) 8245-8718

新絲路網路書店

地　址■新北市中和區中山路 2 段 366 巷 10 號 10 樓

網　址■www.silkbook.com

電　話■(02) 8245-9896

傳　真■(02) 8245-8819

☞您在什麼地方購買本書？☜

1. 便利商店（______市／縣）：☐7-11　☐全家　☐萊爾富　☐其他________

2. 網路書店：☐新絲路　☐博客來　☐金石堂　☐其他________

3. 書店（______市／縣）：☐金石堂　☐蛙蛙書店　☐安利美特animate　☐其他____

姓名：________地址：________________________

聯絡電話：________電子郵箱：________________________

您的性別：☐男　☐女　　　您的生日：________年________月________日

（請務必填妥基本資料，以利贈品寄送）

您的職業：☐上班族　☐學生　☐服務業　☐軍警公教　☐資訊業　☐娛樂相關產業

☐自由業　☐其他________

您的學歷：☐高中（含高中以下）　☐專科、大學　☐研究所以上

☞購買前☜

您從何處得知本書：☐逛書店　☐網路廣告（網站：________）　☐親友介紹

（可複選）　☐出版書訊　☐銷售人員推薦　☐其他________

本書吸引您的原因：☐書名很好　☐封面精美　☐書腰文字　☐封底文字　☐欣賞作家

（可複選）　☐喜歡畫家　☐價格合理　☐題材有趣　☐廣告印象深刻

☐其他________

☞購買後☜

您滿意的部份：☐書名　☐封面　☐故事內容　☐版面編排　☐價格　☐贈品

（可複選）　☐其他

不滿意的部份：☐書名　☐封面　☐故事內容　☐版面編排　☐價格　☐贈品

（可複選）　☐其他

您對本書以及典藏閣的建議________________________

____

____

✌未來您是否願意收到相關書訊？☐是　☐否

✍感謝您寶貴的意見✍

印刷品

$3.5 請貼 3.5元 郵票
不思議信局 FUSIGI POST

235 新北市中和區中山路二段366巷10號10樓

華文網出版集團　收

（典藏閣－不思議工作室）

來自外星的我 01 episode